प्रिय कहो,
कौनसा गीत सुनाऊँ?

प्रिय कहो, कौनसा गीत सुनाऊँ?

डॉ. नीलम वर्मा

प्रलेक प्रकाशन

प्रलेक प्रकाशन

PRALEK PRAKASHAN

मुख्य कार्यालय : 702, जे-50, ग्लोबल सिटी, विरार (वेस्ट), मुम्बई, महाराष्ट्र-401303
दिल्ली एनसीआर ऑफ़िस पता : 03/सी, ज्ञान खण्ड-4 इंदिरापुरम गाजियाबाद, उ.प्र.-201014
बनारस ब्रांच : 02, उर्मिल प्रेम सदन, नासिरपुर, वाराणसी, उ.प्र.-221005

E.mail : pralek.prakashan@gmail.com
Website : www.pralekprakashan.com
दूरभाष : +91 7021263557

प्रिय कहो, कौनसा गीत सुनाऊँ? : डॉ. नीलम वर्मा
Priy Kaho, Konsa Geet Sunaun? by Dr. Neelam Verma

ISBN : 978-93-5869-95-24

प्रथम पेपरबैक संस्करण : 2025

आवरण एवं पुस्तक सज्जा : प्रलेक स्टूडियो

(प्रलेक प्रकाशन का लोगो मिक्की पटेल की तूलिका से।)

प्रिय कहो....

दिवस के कोलाहल से दूर, रजनी के शाँत प्रांगण में, कलियाँ जब अपने उन्मुद नयन खोल रही हों और नींद मेरी पलकों को सहला रही हो तब मुझे कविताओं का प्रस्फुटन स्वर साफ सुनाई देता है। फिर भोर की किरणों में प्रकाश के साथ साथ सृजन नाद का उद्घोष इन स्वप्निल कल्पनाओं को साकार कर देता है। यही नहीं, कभी-कभी मुझे ऐसा भी लगता है कि कोई मुझसे इन पंक्तियों को सुनाने का हठ कर रहा हो!

यह भाव प्रवाह कभी छंद-बद्ध हो जाता है, तो कभी मुक्त छंद बन जाता है। कभी क्षणिका, मुक्तक, गीत, नज़्म या गज़ल का रूप धारण कर लेता है या कभी हाइकु का! कई बार यह किसी अनजानी राह से होता हुआ मुझे अनायास ही शब्द-रूपक की तरह एक नाटकीय मंच पर पहुँचा देता है।

यह क्रम बचपन से मेरे अस्तित्व का अंश रहा है। पराग की प्रतियोगिता में पुरस्कृत होना और बालभारत में निरंतर स्थान पाना मेरे लिए एक गर्व का विषय था। यहाँ तक कि डॉक्टर बनने की अभिलाषा भी इस ललक को क्षीण नहीं कर पाई। कॉलेज के दिनों में भी युव वाणी पर लमानाथ अवस्थी जी द्वारा आयोजित काव्य गोष्ठी में अपनी कविताएँ सुनाने का गौरव भी प्राप्त हुआ।

यहाँ तक कि अपनी प्रैक्टिस के दौरान भी यदि मैं जागते समय डॉक्टर होती थी तो सोते समय कवयित्री! मुझे दोनों ही अवस्थाओं में कभी कोई परस्पर विरोधाभास नहीं लगता था।

पिछले कुछ वर्षों में मेरे लेखन में अपने आप ही द्रुत गति आ गई और अब यह आवेग इस कविता-संग्रह के रूप में आपके सामने है। मेरी इच्छा है कि यह आपको मुदित भी कर सके और चकित भी ...

- डॉ. नीलम वर्मा

www.neelamverma.net

एक पूर्ण, कविता-संग्रह

-डॉ. हरीश नवल

राष्ट्रकवि मैथिलीशरण गुप्त की एक प्रसिद्ध कृति है, 'यशोधरा' जिसकी भूमिका में उन्होंने संकेत किया है कि उनके अनुज सियारामशरण गुप्त ने उनसे आग्रह किया कि वे उसे कुछ विशेष रूप से लिखें जिसमें-गद्य और पद्य आदि सब हों! तब उन्होंने 'यशोधरा' इस प्रकार लिखा कि उसमें गद्य, पद्य, नाटक सब कुछ हैं.....ऐसी कृति को 'चम्पू काव्य' के अन्तर्गत रखा जाता है। डॉ. नीलम वर्मा की कृति 'प्रिय कहो, कौनसा गीत सुनाऊँ?' मुझे चम्पू सम विधा लगी। आजकल इतने दीर्घ कविता-संकलन कम देखने को मिलते हैं। केवल 237 पृष्ठों में रचनाएँ हैं, भूमिका आदि पृथक...साधुवाद! डॉ. नीलम वर्मा।

डॉ. नीलम वर्मा ने साहित्य के क्षेत्र में इधर विगत लगभग पाँच वर्षों में बहुत यश कमाया है। यूं उनकी 'प्रत्यूष' कृति पाँच दशक पूर्व मुझे पढ़ने को मिली थी, फिर एक लम्बा अंतराल रहा, जिस बीच नीलम ने एक फिजीशियन-कार्डिऔलोजिस्ट रूप में ख्याति अर्जित की।

करोना काल के दुर्दिनों ने रचनात्मक रुचि सम्पन्न प्रतिभाओं को खूब उभारा (ब्लेसिंग इन डिसागाईस)। रुके हुए फैसलों की फाइलें खुली। साहित्यिक बंद खाते खुलने से जो रचनात्मक दौर आया उसमें डॉ. नीलम वर्मा का विपुल साहित्यिक अवदान है। एक के बाद एक उनकी कृतियां करोना काल के बाद भी निरंतर आ रही हैं। उनके व्यक्तित्व और कृतित्व में ग़ज़ब का फ्यूयन है। वे परम्परा और प्रयोग दोनों को समवेत विचारों में रखती हैं। भाषा-संदर्भ में भी हिंदी अंग्रेज़ी और संस्कृत के प्रति उनका अनुराग देखता आ रहा हूँ।

वैदिक ग्राम की चेतना से अपोलो जैसे बड़े आधुनिक अस्पताल के वार्डों तक और जयदेव के गीत-गोविंद, व्यास की भगवद्गीता से लेकर बीटलज़ और माइकल जैक्सन तक तथा चेतना प्रवाह में द्वैत-अद्वैत से लेकर स्टीफन हाकिंग के ब्लैक होल तक मैंने डॉ. नीलम वर्मा की बहुज्ञता और बहुमुखी प्रतिभा को

खूब चीन्हा है।

'प्रिय कहो, कौन सा गीत सुनाऊँ' आग्रह से भरा शीर्षक है। हर पाठक को आभास होगा कि उसी को इंगित कर न केवल पूछा रहा है, अपितु परोसा भी जा रहा है। सो मुझे भी लगा इतनी विधाएँ देख कि कौन सा गीत सुना जाए! क्षणिकाएँ, मुक्तक, तांका, हाइकु, मोनोस्टिक हाइकु, मुक्तछंद, गीत, ग़ज़ल पूरा भंडार है-एक सम्पन्न सुलभ भंडार!

सरस्वती वंदना से यह कविता-संग्रह कदम बढ़ाता है। स्तुतिपरकता साँस्कृतिक अवदान है जो मंत्र, तंत्र और यंत्र तथा अष्ट तारा मंडला आधार के रूप में यहाँ विद्यमान हैं। शिव, कृष्ण और राम को बखूबी स्मरणान्जलि दी गई है। 'सबकी प्रगाढ़ निद्रा में शिव ही सोता है', कृष्ण हेतु कवयित्री का कथन है, 'आओ केशव आओ /आओ माधव आओ/ आओ मोहन आओ/ यमुना तट पर धीरे-धीरे वंशी मधुर बजाओ/ नव रस-रास रचाओ!

राम के लिए नीलम जनमानस खंगालते हुए लिखती हैं 'अवधपुरी में अनुकंपित / राम नाम का मान/ जनमानस में अनुरंजित/ करुणामय का ध्यान।'

'प्रिय कहो, कौनसा गीत सुनाऊँ?' एक खण्ड के रूप में भी है! सशक्त पंक्तियाँ और शिल्प उद्धृत करता हूँ जिसमें कवयित्री के भाव, शैली और शिल्प की पहचान हो सकती है-

'सावन की चाह / पपीते का संग / मयूर बन नृत्य/ बंसत में कोयल / चकोरी बन रात्रि जागरण / जुगनू / श्वेत हँसिनी / क्या सूर्य ज्वाल की कंठमाला घर अग्निपंख खोलूँ, उड़ जाऊँ / नक्षत्रों की दीपाशिखा से शब्दों के भेद पूछ कर आऊँ / फिर उतर शांत शीतल लहरों में / अपने प्राण नवल कर पाऊँ / प्रिय कहो, कौनसा गीत सुनाऊँ।'

'इक दीप जला देना' में कवयित्री का समाज सेवी रूप प्रकट होता है-

'राही को राहों की मंजिल से मिला देना/ धुंधली शाम पर तारों को बुला देना/ निंदिया की पायल रूठे तो सहला कर बहला देना'

बरबस हरिऔध जी के 'प्रियप्रवास की राधिका का स्मरण हो आता है। यह नीलम की मौलिक उद्‌भावनाओं में से एक है। रिचर्ड्स पाश्चात्य काव्यशास्त्र और रामचंद्र शुक्ल भारतीय काव्यशास्त्र की दृष्टि से ऐसे प्रयोगों को मौलिक ही घोषित करते हैं।

इस संग्रह में रहस्यवाद है, छायावादी प्रभाव से भी युक्त है। प्रकृति और पुरुष के सम्बंधों की पड़ताल करती लेखनी का करिश्मा आभासित होता है

'नव दिवस जन्म लेगा जिस पल/ सोये शतदल खिल जायेंगे / छंट जायेगा

घना अंधेरा / प्रिय-प्रेयसी फिर मिल जायेंगे।'

दर्शन कवयित्री का प्रिय विषय है। उनके प्रत्येक कविता संकलन में इसे देखा जा सकता है।

'सपनों के धूमकेतु' में वे कहती हैं : 'सपनों के सितारे कितना भी संभाल कर रखें/ ना जाने कैसे धूमकेतु की तरह टूट कर बिखर ही जाते हैं/ एक ही पल में / मिल जाते हैं धरती की मिट्टी में मिट्टी बनकर।'

स्पष्ट है, जीवन दर्शन की इन पंक्तियों में जीवन-मरण का सिलसिला चलता रहता है।

कवयित्री की सोच की रेंज बहुत व्यापक है। 'कविता यदि केवल कविता होती' में उनकी सोच मापें :-

'शब्दों की गहराई क्या सागर से गहरी होती / सूरदास को जग देखे बिन/ माखन लीला कैसे दिखती?'

सूरदास ही क्यूँ, कवयित्री ने मीरा, जयदेव तुलसी, दिनकर, नीरज आदि भिन्न युगीन रचनाकारों का स्मरण किया है।

वे एक संकल्प लेती हैं जो उनकी कविता 'सृजन चक्र' से उद्धृत है:-

एक निश्चय और कामना कि श्शाश्वत सृजन के चक्र में अधिकार अपना चाहती हूँ'।

वह अधिकार तो मिल चुका नीलम वर्मा को। शाश्वत मूल्यों से सम्पन्न रचनाएँ अन्य रचनाओं की अपेक्षा जल्दी शाश्वत रचनाओं में शुमार होती हैं।

पुडीचेरी में (ओरोविल) महर्षि अरविंद आश्रम में शांति कामना पाने वाली डॉक्टर एक साधिका के रूप में वहाँ आंतरिक आनंद की तीव्रता महसूस करती है। तभी वे श्ज्योति-गीत' लिखती हैं:

'ज्योति अरविंद सा खिले ज्योति तन' यहाँ 'अरविंद' में श्लेष मुखरित है। बिम्ब स्पष्ट है।

ज्योति 'चाँद' की भी होती है, स्निग्ध ज्योति!

कवयित्री की 'खिड़की में चाँद' देख कविता फूटती है- 'चाँद और मैं, आँखों में आँखें डाल खेलते हैं एक खेल/ कि कौन पहले पलकें झपकाता है/ खेल खेल में/ मेरी नींद को / चांद की लत लग गई थी/ इसी को कहते हैं। लागी छूटे ना।'

कल्पना की तीव्रता की दृष्टि से भी इस संग्रह को विशेष कहा जा सकता है जहाँ 'जब सो जाती है सृष्टि' में कवयित्री की कल्पना है कि शिव, उमा के शृंगार हेतु हिमाच्छादित शिखरों से उतर कर समंदर से मोती लाते हैं और अपने

दोनों हाथों में भर कर / निशा के अंधकार में/आकाश में उछाल देते हैं/ आकाश में सहसा झिलमिला उठते हैं/ असंख्य तारकगण।

मिलन (केलिप्रसंग) बड़ी शालीनता से शिव और उमा के लिए बुना गया प्रतीकात्मक प्रसंग है।

द्वैत को अद्वैत सिद्ध करती पंक्तियाँ बहुत गहरी हैं। 'मैं कोई नहीं' में वे लिखती हैं:-

'तुम अनजाने पंछी/ दूर गगन के/ और मैं कोई नहीं?...

तुम्हारे गीत मुझे ढूंढ लेते हैं/ और कहते हैं/ तुम हो/ तुम ही तो हो/ इन पत्तियों में/ कलियों में/ फूलों में / झरनों में /झीलों में/ नदिया में/ प्यासे किनारों में / उमड़ते समंदर में.....'

विरह वेदना की तीव्रता जिस विप्रलम्भ में होती है, कई कविताओं में झलकती है। 'बावरा मन' उद्‌धृत है:

'जानते हो सखा / मेरा मन बहुत बावरा है/मेरे मन की खामोशी में छिपी है/ एक चिंगारी / धरती में दबी आग जैसी/ यदि कभी ज्वालामुखी बन / इस आग की लपटें / मुझे घेर ले और मैं तुम्हारी ओर केवल देखती भर रह जाऊं ---तुम मुझे थाम लोगे ना?'

यह प्रसंग दावानल से बचाने का कृष्ण-राधा प्रसँग की स्मृति कराता है जिसे श्कनुप्रिया' में भी सांकेतिक किया गया है।

लम्बी कविता, कमोवेश रूप में एक विधा के रूप में कभी स्वीकृत हुई थी। डॉ. नरेंद्र मोहन ने इस पर पर्याप्त संधान किया था। इस संग्रह में भी कई लम्बी कविताएँ हैं। उनका विधान सरल नहीं होता। उसे साधना पड़ता है। 'नीलम से सागर के उस पार', 'लालकिला किसका 'रंगयात्रा', 'भावोत्कर्ष', 'प्राण वल्लरी' इसी श्रेणी में हैं।

हाइकु से लम्बी कविता तक का सफर
आप इस संग्रह में कर सकेंगे।

'मेघदूत त्रिमंगिमा' की तीनों कविताएँ प्रणय की, प्रतीक्षा की, आतुरता की, व्याकुलता की कविताएँ हैं। कालिदास द्वारा प्रणीत दूत संदर्भ बहुत से कवियों ने उठाए हैं, अन्यों को दूत बनाकर, केवल मेघ को नहीं परन्तु डॉ. नीलम वर्मा ने मेघ को हो चुना है- नए संदर्भों में।

'हम दृष्टहीन नहीं' खण्ड व्यंजना से ओतप्रोत है। महाभारत के पात्रों से ऐसे कड़े सवाल पूछे हैं कवयित्री ने कि यदि वे सब समक्ष होते, बगले झाँकने लगते -

धृतराष्ट्र, भीष्म, द्रोण, कौरव, पांडव, कर्ण और कृष्ण भी। पौराणिक चरित्रों से जवाब माँगने का दु:साहस किया है नीलम वर्मा ने;

साधुवाद! साधुवाद!

पर्यावरण, नारी विमर्श, जन, आदि को भी चित्रित किया गया है। एक पूर्ण कविता संग्रह है यह। उद्वेलित कर सकने का सामर्थ्य है इसमें, तब भी पूछा जा रहा है, 'प्रिय कहो, कौन सा गीत सुनाऊँ?'

हार्दिक बधाई।

हरीश नवल
harishnaval@gmail.com
ऐशबर्न, वर्जीनिया

24 मार्च, 2025

अनुक्रम

01.	माँ सरस्वती	17
02.	देवी छंद	18
03.	शिव एक भी-अनेक भी	19
04.	जनमानस में राम	21
05.	सुमिरन	23
06	शुद्ध बुद्ध भगवान	24
07.	प्रिय कहो, कौनसा गीत सुनाऊँ?	26
08.	इक दीप जला देना	28
09.	सृजन-चक्र	29
10.	ज्योति गीत	31
11.	बहता जाता पानी	32
12.	नव-भारत	34
13.	रहना अटल सिखाया तुमने	36
14.	काश्मीर की वादी	38
15.	कविता यदि केवल कविता होती	39
16.	शरण	41
17.	पार्थसारथी श्री कृष्ण	42
18.	दो शब्द	43
19.	प्रथम किरण	45
20.	सूरजमुखी	47
21.	पुरी का सूर्यास्त	48
22.	अग्नि-पंछी	49
23.	साँझ की तितली	50
24.	निशा-विहार	52

25. खिड़की में चाँद 54
26. अर्ध-यामिनी का चंद्रसंगीत 56
27. सितारों की डोरी 57
28. मिलन 58
29. सपनों के धूमकेतु 59
30. पंछी प्रवासी 61
31. विकल्प 62
32. आमंत्रण 64
33. तुम अनजाने पंछी 65
34. रूई जैसे बादल 67
35. बावरा मन 69
36. नीलम 71
37. नीलम से सागर के उस पार 73
38. क्या इसे प्रेम कहते हैं 77
39. कुछ शेष है कहना अभी 78
40. श्वेत पुष्प चंपा के 79
41. सावन-भादों 80
42. यादों की बदरी 81
43. फागुनी संकेत 83
44. सखा 84
45. वसंत-यामिनी 85
46. आम्रमंजरी 87
47. राधिका 89
48. महायोगिनी 90
49. जोगी 91
50. सत्य या भ्रम 93
51. स्त्री, नियति और समाज 95
52. यादों का बक्सा 97
53. नानी का चरखा 100
54. हवा-महल 102
55. माँ को अच्छा लगेगा 105
56. बसंत की कोंपल 108
57. जीवन गीत क्यूँ नहीं बन पात 110

58.	स्मृति 'निराला'	112
59.	स्वर्णिमा-हिमा	114
60.	किसान	116
61.	हाथ उठा बोला मजदूर	118
62.	आह, श्रमिक जीवन	120
63.	कलम	123
64.	भुरभुरे पत्ते	125
65.	अभिमन्यु	126
66.	शबनम	127
67.	पुरानी दिल्ली	128
68.	बंटवारा	129
69.	जज़्बात	130
70	इश्क़	131
71.	क्या होगा	132
72.	आजकल	134
73.	बसेरा	135
74.	अगर	136
75.	पूनम का चाँद	137
76.	तुम मुझे भूल जाओ	138
77.	इश्क़ की खुशबू	139
78.	लालकिला किसका?	140
79.	दुर्भाग्य	144
80.	इंतजार तो करना होगा!	147
81.	तुमने कहा था	148
82.	मेघदूत त्रिभंगिमा	151
	1. मेघदूत का प्रेम-संदेश	*151*
	2. लौट आओ मेघदूत	*153*
	3. मेरा मेघदूत	*155*
83.	रंग-यात्रा	157
	'विप्लव'	*157*
	'भावोत्कर्ष'	161
84.	प्राणवल्लरी	164
85.	मृगया	173

86.	जननी	176
87.	हम दृष्टिहीन नहीं हैं	183
88.	हाइकु	195
89.	तांका	218
90.	मुक्तक	221
91.	क्षणिकाएँ	223
92.	काव्यानुकृति	228
93.	ग़ज़ल	233

1. माँ सरस्वती

श्वेत रश्मि उज्ज्वला माँ सरस्वती
ध्यान-ज्ञान निश्चला माँ सरस्वती
विशुद्ध कंठ चक्र कमल पर विराजती
दिव्य-प्राण-वीणा निज हस्त धारती

कलुष भाव सिन्धु ज्वार से उबारती
हो प्रसन्न मुक्ताहल धवल वारती

मातृ-भाव वत्सला माँ सरस्वती
ध्यान-ज्ञान निश्चला माँ सरस्वती

❑❑❑

02. देवी छंद

नवरूप देवी वंदनीय
छलकता आँखों में माँ का प्यार भी तो है!

माँ भगवति-प्रचंड छवि,
भक्त प्रिय वात्सल्यमय श्रृंगार भी तो है!

पद्म कोमल मंडिता,
धारण किए रिपु-खंडिता तलवार भी तो है!

सिंह पर आ विराजती
तारिणी दुर्गा का ले अवतार भी तो है!

मंत्र-तंत्र और यंत्र शक्ति
अष्ट-तारा-मंडला आधार भी तो है

नूपुर ध्वनि-रंजित हृदय
झांझ स्वागत में करे झंकार भी तो है!

❑❑❑

03. शिव एक भी-अनेक भी

शिव एक भी,
अनेक भी!
शिव सुगम भी,
दुर्गम भी!

शिव देह में भिन्न भी,
अस्तित्व में अभिन्न भी!
शिव आनंद का समुद्र भी
काल सा रुद्र भी!

शिव विष को संभाले कंठ भी
अमृत की मोक्षदायनी गंध भी!
निर्जन के तांडव-गर्जन में एकल भी
सरोवर के लास्य-नर्तन में युगल भी!

शिव महाकाल की लहरें अपने शीष इन्दु में लपेटे भी,
विकराल को एक गहन नीरव शान्ति बिंदु में समेटे भी!

सबकी प्रगाढ़ निद्रा में
शिव ही सोता है,
स्वप्नों में संकल्प बीज बोता है!
उषा के अधरों पर
चिन्मय स्मित-हास सजाता है

मन में प्रतिदिवस
नवजात शिशु सा जागता है,
कौतुक जगाता है;
प्रेयसि प्रकृति को
अपने प्रेमार्द्र स्पर्श से
नित्य नवयौवना बनाता है,
हर जन्म में,
जो रह गया अतृप्त
उसे अघाता है.....

❑❑❑

04. जनमानस में राम

सूर्य सगर्व निरखता,
सरयु-साकेत समन्त,
वन्दन से वंदनवार तक,
रामबाण अरिहन्त।

नित्य प्रति हो सुखकारी
श्रीरामकथा का श्रवण,
हरें सकल हिय की व्यथा
श्रीजानकी श्रीचरण।

शेषनाग अवतार रूप
सद्गुण शुभ लक्षण,
तत्पर प्राण समर्पण को
रामानुज लक्ष्मण।

राम दिखे या दिखे भरत
दो रूप ये एक समान
राजस्व नियंता शत्रुघ्न
संरक्षक चतुर सुजान

अवधपुरी में अनुकंपित
श्रीराम नाम का मान,
जनमानस में अनुरंजित
करुणामय का ध्यान।

दृष्टि कुपित-सृष्टि प्रलय
भृकुटिमात्र संकेत
वरद हस्त शुद्धि करे
प्रबुद्ध बुद्धि संचेत

चरणामृत से ही अभय
अवनितल और दिगंत
शीष नवाए परमप्रिय
हरि सेवक हनुमंत।

❑❑❑

05. सुमिरन

जागो, हरि दर्शन की बेला
जागो, हरि अर्चन की बेला

जागो, हरि सुमिरन की बेला
जागो, हरि चिन्तन की बेला

जागो, हरि भजन की बेला
जागो, हरि मिलन की बेला

❑❑❑

06. शुद्ध बुद्ध भगवान

'है पूर्ण चंद्र प्रतिबिम्ब मनोहर,
खिला है मधुरस सिक्त सुधाकर
तुम क्यूं अधीर, हे संन्यासी
हृदय द्वंद्व संताप हरे,
यह स्निग्ध क्षीर, हे संन्यासी!'

वट वृक्ष छाँव में बैठे निश्चल
दिखे सुजाता को उस पल
शुद्ध बुद्ध भगवान
करूणा से परिपूर्ण नयन,
विश्वजयी मुस्कान!

सुजाता ने फैला दी झोली
अपना शीष झुकाकर कर बोली
इस मन का अंधकार मिटाओ
हे मृदुभाषी, राह सुझाओ
कैसे हो कल्याण?
उद्विग्न विचारों से मानवता
कैसे पाए त्राण?
कष्ट निवारण कैसे हो
कैसे हो निर्वाण?

बुद्ध सुहासित कंठ से बोले
विष में मानो अमृत घोले
'है एक मंत्र में पूरा जीवन-
तू अपना दीपक आप बन!
आत्मरूप के प्रखर तेज में
कर अपना सर्वस्व समर्पण
अपना सर्वस्व विसर्जन
आ बुद्धं शरणम्,
पा बुद्धं शरणम्।'

अमृत भरा कलश अक्षय
हमारे लिए किया संचय
हम इसके अधिकारी हों
प्रेम भाव संचारी हों
अटल रहे विश्वास
अविचल उज्ज्वल मन श्वास!

हो प्रबुद्ध स्मरणम
आ बुद्धं शरणम्,
पा बुद्धं शरणम् ।

❑❑❑

07. प्रिय कहो, कौनसा गीत सुनाऊँ?

प्रिय कहो, कौनसा गीत सुनाऊँ

धरती में रोपूँ कुछ छंद,
या सागर से कुछ बीन के लाऊँ?

प्रिय कहो, कौनसा गीत सुनाऊँ?

क्या सावन की चाह बनूँ,
प्यासे पपिहे संग पी पी गाऊँ?

क्या मयूर बन घुंघरू बांधू,
बरखा में पंखों को थिरकाऊँ?

क्या बसंत की कोयल से,
पंचम सुर में कुछ सीख के आऊँ?

बनूँ चकोरी, जगूँ रात भर,
चंद्रवदन की लगन लगाऊँ?

क्या जुगनू बन अंधायारे में,
अपने तन की ज्योति रमाऊँ?

क्या श्वेत हंसिनी को समझा कर,
मधुर नेह पाती भिजवाऊँ?

प्रिय कहो, कौनसा गीत सुनाऊँ?

क्या सूर्य ज्वाल की कंठमाल धर,
अग्नि पंख खोलूं, उड़ जाऊँ?

नक्षत्रों की दीपशिखा से,
शब्दों के भेद पूछ कर आऊँ?

पल, माह, वर्ष, युग सब मापूँ,
तुम कह दो, क्या ले कर आऊँ!

तुम यहीं झील तट पर रुकना,
मैं भस्मसात जब लौट के आऊँ!

इसमें जलराशि शेष रहे कुछ,
जिससे अपनी प्यास बुझाऊँ!

फिर उतर शाँत शीतल लहरों में,
अपने प्राण नवल कर पाऊँ!

प्रिय कहो, कौनसा गीत सुनाऊँ?

❒❒❒

08. इक दीप जला देना

चाँद निकलने से पहले इक दीप जला देना
राही को राहों की मंजिल से मिला देना!

शाम हो जब धुंधली थाम पलों की उँगली
दूर कहीं पर छिपे हुए तारों को बुला लेना
इक दीप जला देना
राही को राहों की मंजिल से मिला देना!

तारों ने डाले डोरे पवन के मस्त झकोरे
इस झूले में झूल झूल हर दर्द भुला देना
इक दीप जला देना
राही को राहों की मंजिल से मिला देना!

निँदिया की पायल रूठी मचल मचल
हौले हौले सहला कर इसको बहला देना
इक दीप जला देना
राही को राहों की मंजिल से मिला देना!

❑❑❑

09. सृजन-चक्र

सृजन के नव चक्र में अधिकार अपना चाहती हूँ.
आज मैं आकाश गंगा पार करना चाहती हूँ।

बंध नहीं पाई कभी, सुरभि सुमन के पाश में,
बंध न पाई बूँद मेघों से घिरे आकाश में
बंधन सभी जो काट दे तलवार की वह धार बनना चाहती हूँ,
आज मैं आकाश गंगा, पार करना चाहती हूँ.
सृजन के नव चक्र में अधिकार अपना चाहती हूँ।

प्रेममय स्वर से पुकारे, कौन वह उस पार से,
गीत मुक्तक से सजे दिखते हैं बन्दनवार से अभिसारिका सा
मैं भी अब श्रृंगार करना चाहती हूँ
आज मैं आकाश गंगा पार करना चाहती हूँ
नव सृजन के चक्र में अधिकार अपना चाहती हूँ।

अदृश्य आकृति है तुम्हारी पर रंग भरने हैं मुझे,
बंसी तुम्हारी जो सुनाए, वह गीत रचने हैं मुझे।
पंख कोमल हैं मगर, गगन का विस्तार बनना चाहती हूँ
आज मैं आकाशगंगा पार करना चाहती हूँ
सृजन के हर चक्र में अधिकार अपना चाहती हूँ।

पवन के विपरीत भी अब तो मैं उड़ जाऊँगी
लहरें उफनती हैं तो क्या, जलदीप मैं बन जाऊँगी
विध्वंस शापित विश्व में वरदान की झंकार बनना चाहती हूँ
आज मैं आकाश गंगा पार करना चाहती हूँ
शाश्वत सृजन के चक्र में अधिकार अपना चाहती हूँ

❑❑❑

10. ज्योति गीत

हों सहस्त्र ज्योति दीप, हों सहस्त्र ज्योति कण,
हों सहस्त्र ज्योति गीत, हों सहस्त्र ज्योति क्षण,

थिरकते हों ज्योति स्वर, काल के अवशेष पर,
महकते हों पारिजात, ज्योति रश्मि केश पर।
ज्योति अंगवस्त्र का हो हृदय में अवतरण
हों सहस्त्र ज्योति दीप, हों सहस्त्र ज्योति कण।

ज्योतिर्मय प्राण बनें एक ज्योति बिन्दु
ज्योति कलश में झलके पूर्ण ज्योति इंदु
शुभांगिनी धरा करे, ज्योति सिंधु का वरण,
हों सहस्त्र ज्योति दीप, हों सहस्त्र ज्योति कण।

ज्योतिर्मय चिन्तन हो, ज्योतिर्मय मन
ज्योति अरविंद सा खिले ज्योति तन
स्वस्ति नक्षत्र करें ज्योति गगन में रमण
हों सहस्त्र ज्योति दीप, हों सहस्त्र ज्योति कण।

❑❑❑

11. बहता जाता पानी

इस धरती पर है जीवन की ये अविरल तरल कहानी
पानी पानी पानी, बहता जाता पानी

फूट फूट कर गिरता है ये पर्वत के ऊंचे झरनों से,
झीलों की नीली गागर में
चंचल नदिया की धारा बन भागा भागा दौड़ा जाता,
मिलने लहराते सागर से
जाते जाते करता जाता, धरती की चूनरिया धानी
पानी पानी पानी, बहता जाता पानी

इसका अपना रंग ना कोई
पर इसमें डूब डूब सब रंग, बना देते सुन्दर तस्वीरें,
टूट जाए जब बाँध सब्र का
बहा ले जाता ये इक पल में, चाहे जिसकी तकदीरें
हो जाता सब उथल पुथल, ये करता है जब मनमानी
पानी पानी पानी, बहता जाता पानी

कोई किससे काटे उसको
जिसको तलवार भी अपनी धार से काट नहीं पाई,
कोरा कोरा बहता जाता
इस पर कभी मैं अपने मन का कोई लेख नहीँ लिख पाई
इसकी लहर-बहर ने सबके मन की बिछलन छानी
पानी पानी पानी, बहता जाता पानी

ये आंसू बन चुपचाप बहे,
जब किसी के दिल पर छिपे दर्द का बोझ बहुत बढ़ जाता है
सूखा संतप्त मरुस्थल देख
इसकी आँखें क्यूँ भर आतीं, कोई समझ नहीं पाता है
इसके विकल हृदय की पीड़ा, केवल प्यासे ने ही जानी
पानी पानी पानी, बहता जाता पानी

❏❏❏

12. नव-भारत

अपने नव-भारत में भर दें,
मिलकर हम सब ऐसे रंग
यहीं जन्म फिर पाने की,
मन में उठती रहे उमंग!

हिमगिरि पर हर सैनानी
जाग रहा है बन कर ज्वाल
प्राणों में उसके अनुबंधित
भारत माँ का रूप विशाल!

युवा शक्ति से हो पाए,
सबके घर में उजियारा
संघर्ष सफल जब ये होगा,
तब होगा प्रण पूर्ण हमारा!

नील गगन में फिर इक बार
जयहिन्द का गूँजे नारा
है भारत का शीश मुकुट
विजयी विश्व तिरंगा प्यारा

भविष्यमेव जयते
चंद्रलोक को माप रहा
भारत खोले पंख

नवग्रह में जयघोष कर रहा
चंद्रयान श्री शंख!

हुआ हमारी आशाओं के
नवयुग का आरम्भ
आमंत्रण देते हम सबको
अंतरिक्ष के स्तम्भ!

नया जोश है, नया लक्ष्य है
है अभियान नया,
हमारी प्रतिभा क्षमता का
है प्रतिमान नया

भारत नास्ति भयते
भविष्यमेव जयते।।

***

❑❑❑

13. रहना 'अटल' सिखाया तुमने

चलने का हममें जोश बहुत था
पर रहना 'अटल' सिखाया तुमने,
शब्दों में शोर नहीं, कविता हो,
यह भेद जटिल समझाया तुमने!

कुछ नया गुनें, कुछ नया बुनें,
नए नक्शेकदम ढूंढें,
बीते कल से जो कुछ सीखा,
उसको भविष्य में कैसे गूंथे!

कैसे भारत इक रत्न बने,
करके सफल दिखाया तुमने,
शब्दों में शोर नहीं, कविता हो
यह भेद जटिल समझाया तुमने!

तुमने इक रेखाचित्र बनाया
अब रंग हमें भरने होंगे
मन वांछित संकल्प तुम्हारे,
सिद्ध हमें करने होंगे!

राष्ट्र के प्राणों में झंकृत हो,
जो गीत नवल था गाया तुमने!
शब्दों में शोर नहीं, कविता हो
यह भेद जटिल समझाया तुमने!

❑❑❑

14. काश्मीर की वादी

लालकिले से लालचौक तक सीधी सड़क बनाएँगे,
देश की धानी चूनरिया पर, अब केसर छिटकाएंगे!

इन हिम श्रृंगो पर ऋषियों ने अपना वास बनाया था,
पुण्य पुनीता वाणी से आलौकिक दर्शन पाया था
नागमणि जब शीश धरी विषधर क्या भय उपजाएंगे?
लालकिले से लालचौक तक सीधी सड़क बनाएँगे!
देश की धानी चूनरिया पर, अब केसर छिटकाएंगे!

काश्मीर की इस वादी में कहीं कोई भी गैर नहीं
कौन बाँट पाता उनको, जिनमें था कोई बैर नहीं!
सूफी संतों दरवेशों की लय में ताल मिलाएंगे,
देश की धानी चूनरिया पर, अब केसर छिटकाएंगे!

खून से प्यास नहीं बुझती, तेरा हो या मेरा हो,
झीलों मे भरी मोहब्बत हो, साँझ का रंग सुनहरा हो!
चढ़ चिनार के पेड़ों पर, फिर नया सवेरा लाएँगे,
देश की धानी चूनरिया पर, अब केसर छिटकाएंगे!

हमें शहीदों का सपना पूरा करके दिखलाना था
भारत की इस धरती पर, तिरंगा फिर फहराना था
रंग बिरंगे फूलों से इस गुलशन को महकाएँगे,
देश की धानी चूनरिया पर, अब केसर छिटकाएंगे

❒❒❒

15. कविता यदि केवल कविता होती

कविता यदि केवल कविता होती
वर्षा की बूंद क्या बनती मोती?
शब्दों की गहराई क्या,
सागर से गहरी होती?
कविता यदि केवल कविता होती!

इक पंछी की विरह वेदना मानव मन को दुखी ना करती
व्याकुल यक्ष की भाव लेखिनी मेघदूत में व्यथा ना भरती!
कविता यदि केवल कविता होती!

सूरदास को जग देखे बिन, माखन लीला कैसे दिखती?
कहो कबीरा तुम्हरी चदरिया झीनी झीनी कैसे बनती?

जयदेव के गीतों में कैसे, गोविंद संग राधिका झलकती?
तुलसी की फुल्लवाटिका कैसे, नयनों का माधुर्य निरखती?

सिय-बिन राम हृदय की पीड़ा,रामकाव्य को सजल ना करती!
मीरा के इकतारे से, बह बह कर अश्रुधार ना झरती!
कविता यदि केवल कविता होती,

कैसे रासो के एक छंद से, शत्रु-हृदय के पार उतरती?
कैसे चेतक की टापों में, बन कर हवा वो उड़ती फिरती?

बुन्देलेहरबोलों की रानी मर्दानी कैसे लड़ती?
स्वतंत्रता की बलिवेदी पर चाह फूल की कैसे चढ़ती?

वीणावादिनी नवल कंठ से नव स्वर कैसे झंकृत करती?
भूलोक का सोया गौरव कैसे भारत-भारती जागृत करती?
कविता यदि केवल कविता होती!

कैसे मनु को हिमशिखरों में 'नर्तित नटे' की आकृति दिखती?
मेरे मधुर मधुर दीपक की लौ कैसे युग-युग जलती?

दो आँखों की गहन गुफा के अंधकार को कैसे सहती?
छिपछिप अश्रु बहाने वालों में फिर जीवित कैसे रहती?

रश्मिरथी के प्रश्न युग मस्तक पर अंकित केसे करती?
अग्निदेश से आनेवालों को अभिनंदित कैसे करती?
कविता यदि केवल कविता होती

अंतरतम से अंतर्मन कैसे विकसित नंदित करती,
द्रुमदल सुंदर शोभित करती, मातृभूमि वंदित करती!
कविता यदि केवल कविता होती,
वर्षा की बूंद ना बनती मोती!
शब्दों की गहराई ना फिर
सागर से गहरी होती!
कविता यदि केवल कविता होती!

❒❒❒

16. शरण

फैला है चहुँ ओर, अंधियारा घनघोर
हे विराट! हम कैसे पाएँ इस तम का छोर?

गरज रही हैं विषम घटाएँ, काल विकट विभ्राट
विषय-विकारों के विषधारी नाग करें उत्पात।

तुम बिन यह संग्राम कहो अब कैसे जाए खेला
तर्क-वितर्कों में उलझा, भारत आज अकेला।

अपना शुभ्र प्रकाश भरो, हे विश्व तिमिरहारी
दिव्य-किरण अवतरित करो, हे चक्रधर मुरारी।

कहीं से लहराता तुम्हारा पीताम्बरपट आए
मनोभावों को छू कर अमृत कर जाए!

❑❑❑

17. पार्थसारथी श्री कृष्ण

साक्षात खड़े हों कृष्ण जहाँ और धनुर्धर अर्जुन सा
है कैसा फिर संदेह वहाँ, है कैसी फिर शंका

धर्मसंस्थापन का लक्ष्य सिद्ध होगा
महाभारत के युद्ध-यज्ञ से भारत शुद्ध होगा

जब नवयुग आएगा-नवनिर्माण होगा
विश्व के भविष्य का निश्चित कल्याण होगा

जिस काल का आदर्श गीता का मर्म होगा
उस काल का अलौकिक धर्म, श्रेष्ठ कर्म होगा

आनंद रहस्य मिल जाएगा, हर ओर शान्ति होगी
मानव के अंतर्मन में महा-क्रान्ति होगी

आओ करें शुभ कर्म हवन में दहन पाप के दानव को
इस सामूहिक तप बल से, प्रकट महा-मानव हो
प्रकट दिव्य मानव हो....

❑❑❑

18. दो शब्द

रीत गई है सृष्टि,
जाने कहाँ खो गए हैं सभी शब्द!
बचे हैं बस
दो ही बाकी,
एक दूसरे के परिपूरक
एक दूसरे से अपरिचित
दोनों निगूढ़,
दोनों एकाकी!

एक है मेरे पास,
एक दे दो तुम!

सुदूर घने कोहरे में छिपा,
शायद कोई गीत
लिए विस्मृत संगीत
पखेरू सा उड़ता हुआ आ जाए हमारे निकट,
किसी अज्ञेय रहस्य को
सहज ही
कर दे प्रकट!

जैसे अर्धनारीश्वर को मिल जाए
अपनी अलक्ष
अर्ध प्रतिमूर्ति
या भोर के आधे उभरे सूर्य को,
अपनी अदृश्य
अर्ध-आकृति!

हम दोनों की अभिव्यक्ति
जो रह गई थी अधूरी,
हो जाए स्वयमेव पूरी!

लक्ष्यहीन से भटकते,
अशेष को खोजते,
केवल दो ही तो शब्द हैं!
एक है मेरे पास
एक दे दो तुम .....

सृष्टि जो गई थी रीत
भर जाएगी फिर से
उमंग से
तरंग से
राग से
रंग से!

नव सृष्टि सृजन
दो ही शब्दों का तो खेल है
दो ही शब्दों का तो मेल है!

एक है मेरे पास
एक दे दो तुम....

❐❐❐

19. प्रथम किरण

बूँद बूँद पर नर्तन करती
आनंदित जग जीवन करती
प्रथम किरण उतरी नभ से
मन दर्पण ने पूछा उससे-

कहो कहाँ से आती हो
धीरे धीरे छमछम करती
मौन क्षितिज में सरगम भरती
मन्द मन्द मुस्काती हो
किसको कहो जगाती हो???

किसके हित लाई हो बोलो
ज्योति कलश उपहार नवल
क्यूँ नभ से धरती तक रचतीं
रंगों का अभिसार सजल
किसके लिए सजाती हो
नव-रस-स्वर मनुहार चपल
कौन तुम्हारा अभिलाषी है
जिसकी हो तुम आस सबल?
कहाँ तुम्हारा आदि-बिन्दु वह
जिसकी ही तुम ज्वाल प्रबल
कौन कहो वह बैरागी है
जिसके तप का हो तुम फल?

क्यूँ पग पग छलकाती हो तुम
स्वर्ण कणों की यह गगरी
किसे ढूँढती गहन तिमिर में
भटक रही नगरी नगरी?

काले सायों का पहरा है
कहीं तुम्हें ना जाए निगल
भय का अंधकूप गहरा है
देखो कहीं ना जाओ फिसल
भ्रमित दिशाएँ पूछ रही है
यहाँ कहाँ तुम आई निकल
अंधियारा पथ, दीप ना बाती
चाल चलो तुम संभल-संभल!

मृदुहास धर बोली किरण,
'कब डिगे मेरे चरण
सत्य की मैं सुरभि हूँ,
शिव शक्ति की मैं परिधि हूँ
करने चली सुन्दर सृजन
खोलो,
खोलो तनिक अंतःकरण!

तुमको सुभग मैं ढूँढती
बन जाओ मेरे मीत
नव आस्था विश्वास के
तुमको सुनाऊँ गीत!'

❐❐❐

20. सूरजमुखी

सूर्य प्रिया, सूरजमुखी
समझा दो यह भेद सखी,
ग्रीष्म ज्वाल में भी तप करतीं,
पढ़े कौनसे वेद सखी?

भरी दुपहरी में सूरज संग,
खुल्लम-खुल्ला नैन लड़ातीं,
जिससे हम लुकछुप कर फिरते
उस संग दिनभर रास रचातीं,
वह निर्दय जितना ताप बढ़ाता
तुम उतना ही खिलखिल जातीं।

देखो हम भस्म हुए जाते
होता तुम्हें ना खेद सखी?
पढ़े कौनसे वेद सखी?

❑❑❑

21. पुरी का सूर्यास्त

सूरज उड़ता रहा है,
पूरा दिन
ओ लहरो,
थामना जरा इसे,
गिरने को है शायद...

लहरें हंस कर बोलीं,
'नहीं नहीं,
गिर नहीं रहा,
हम पर तैर कर,
जा रहा है उड़ने कहिं और ...
और उड़ते उड़ते
लौट आएगा
कल सुबह
तुम्हारे पास फिर से ....'

□□□

22. अग्नि-पंछी

आज शाम
सूरज पिघला,
क्षितिज का पिंजरा तोड़,
अग्नि-पंछी
उड़ निकला...

अब ये दूर,
बहुत दूर तलक जाएगा
ओस में भीगी कलियाँ महकाएगा
हवाओं की परवाज़ को आजमाएगा,
थकी पलकों को सहलाएगा...

रात भर फलक से सितारे चुनेगा,
चाँदनी की चदरिया समुंदर पर बुनेगा!

खींचेगा नक्षत्रों की झिलमिलाती डोर,
पंखों पर संभाले लाएगा भोर ....

❑❑❑

23. साँझ की तितली

आज शाम
सागर तट पर
सूरज ढलने से पहले
देखी मैंने एक मेघारोहित तितली!

आती है रोज
सबसे छिप कर
और फैला देती है अपने सुनहरे पंख
पूरे आसमान पर,
इससे पहले कि पकड़ पाऊँ मैं उसे
उतर जाती है सागर की लहरों में
अपने आँचल में सूरज छिपाए!

वह साँझ की तितली
किसी दिन हाथ आई,
तो पूछूँगी उससे,
'बताओ तो स्वर्णाग्निनी,
अपने कोमल पंखों में
सूरज को समेटते समय
भय नहीं होता तुम्हें?
जलते नहीं तुम्हारे पंख?'

बस, ना वह कभी हाथ आएगी
ना मैं कभी पूछ पाऊँगी!
पर फिर भी
कोशिश तो करती रहूँगी,
उस क्षणभंगुर तितली को पकड़ने की,
यह कोशिश ही मेरे जीवित होने का प्रमाण है.....

(गोवा के समुद्र तट से-2019)

❐❐❐

24. निशा-विहार

हर रात
जब सो जाती है सृष्टि,
कैलाशपति अपनी प्रेयसी उमा के श्रृंगार के लिए
हिमाच्छादित शिखरों के सोपान उतर
अंधकार के स्याह समंदर से ढूँढ लाते हैं
रुपहले मुक्ताहल!
अपने दोनों हाथों में भर
उछाल देते हैं उन्हें तिमिराच्छादित आकाश की ओर।
सहसा झिलमिला उठते हैं
असंख्य तारकगण।

उस रुपहले तारामंडल के मधुर गीत सुन
अपनी उनींदी पलकें खोल
मुस्कुरा देती है उमा।
चंद्र किरणों की डोर थामे
वह करती है स्वच्छंद विचरण
झिलमिलाती तारक-पुष्प-वाटिका में।
उन तारों को बीन
बनाती है कंठमाल, कर्णफूल,
करघनी, बाजुबंद,
करती है अपना मोहक श्रृंगार!

निशा-विहार में संलिप्त प्रिय-प्रेयसी
मानसरोवर-तट पर
करते हैं लास्य-नर्तन,
उन्मुक्त-हास, प्रणय-विलास!

तभी भोर का प्रकाश उभरता देख
दोनों हो जाते हैं ओझल
कोहरे से ढकी
अपनी गुह्य हिमाद्रि गुफा में!
पर उमा के वह तारक-मुक्तालंकार
सहसा छिटक कर बिखर जाते हैं

ओस में भीगे यह किलोल-अवशेष
चुन चुन कर सहेज लेती है विस्मित उषा
और सजा देती है
पेड़ों की पत्तियों पर
फूलों की पंखुरियों पर
बलखाती लताओं पर
नवजात कलिकायों पर ....

दिवस भर के उद्यम से शिथिल धरती को
अपने स्नेहिल स्पर्श से
संस्फुरित करती,
शिव और उमा की यह आमोद-क्रीड़ा,
चलती है अनवरत,
हर रात,
अंधकार-यवनिका के पार्श्व में
जब सो जाती है सृष्टि....

❑❑❑

25. खिड़की में चाँद

कभी-कभी
मेरी और चाँद की
ठन जाती है!

कल रात
नींद आने को थी
और पूरा चमचमाता चाँद
सिरहाने की खिड़की से
सीधा आँखों में उतर आया
मानो कह रहा हो,
'मैं आया,
और तुम सो रही हो? '

चाहती तो खिड़की का पर्दा खींच
उसकी ताक-झाँक को बंद कर सकती थी
पर मेरी और चाँद की ठन गई
मैं उसकी आँखों में आँखें डाल,
'देखें पहले कौन झपकाता है पलकें '
वाला खेल खेलने लगी....

चाँद ठहरा जादूगर!
जाने कब उसने अपनी चाँदनी की छड़ी घुमाई,
और मैं रुपहली अप्सराओं के साथ
तारों से उठते
गन्धर्व संगीत के झूले में झूलने लगी!

सहसा आँख खुली तो देखा
उस खेल में
मैं तो हार चुकी थी,
और चाँद,
अपना जादू समेट
सरक चुका था मेरी खिड़की से.. ..

चारों ओर पसरा था
घुप्प अंधेरा
जिसमें वैसे तो खूब गहरी नींद आती थी
पर कल नहीं आई!

खेल खेल में,
मेरी नींद को
चाँद की लत लग जो गई थी,
इसी को तो कहते हैं
'लागी छूटे ना'!

❒❒❒

26. अर्ध-यामिनी का चंद्रसंगीत

तिमिर लिप्त रजनी को बाहों में बाँध कर,
बीचों-बीच नभ के वितान से झाँक कर,
दिखा अर्धचंद्रमा रेखाएँ खींचता,
अर्ध स्फुटित कलियों को तोल-तोल सींचता!

बदली के पीछे आधा छिपा था,
पेड़ की फुगनी पे आधा टिका था
उतरा था आधा, सागर के ऊपर,
नापता था दूरी, किरणों से छू कर!

जब नींद अभी कच्ची थी, और प्रीत सच्ची थी,
क्षितिज पार परियों संग उड़ते हुए, स्वप्न-मणियाँ चुनते हुए
सुना था क्या तुमने भी ओ मेरे मीत
अर्धयामिनी का वह चंद्रसंगीत?

❑❑❑

27. सितारों की डोरी

खिड़की के बाहर आ
ठिठकी विभावरी,
भीतर है कौन
सोच रही बावरी!

आई है दुनिया से
छिपके चोरी चोरी
हाथों में थामे
सितारों की डोरी!

भीतर चली आ
खिड़की तू फांद के
पलकों का झूला
इस डोरी से बाँध दे!

चाँदनी से कह दे
ना करे जोरा जोरी
निंदिया बुला दे,
गा प्यार भरी लोरी!

❒❒❒

28. मिलन

पंख विरह से बोझिल हैं
पर प्रहर रात के बाकी हैं,
दूर अभी इक दूजे से,
चकवा चकवी एकाकी हैं!

बस इक छोटी सी इच्छा
छोटे से मन ने चाही है,
पर उड़ कर पहुँचे साथी तक,
इसकी अभी मनाही है!

नव दिवस जन्म लेगा जिस पल
सोए शतदल खिल जाएँगे
छंट जाएगा घना अंधेरा
प्रिय-प्रेयसी फिर मिल पाएँगे!

❑❑❑

29. सपनों के धूमकेतु

सपनों के सितारे
हम कितना भी संभाल कर रक्खें
ना जाने कैसे
धूमकेतु की तरह टूट कर
मिल जाते हैं
धरती की मिट्टी में
मिट्टी बन कर!

इन चूर चूर हुए सपनों की मिट्टी
जरा भिन्न सी होती है
हमारी धरती की मिट्टी से!
सरस रस-गंध से विहीन
टूटे सपनों की यह मिट्टी
होती है
रसातल में दबे
किसी ज्वालामुखी के लावा सी
उफनती
दहकती
सुलगती
भीतर ही भीतर
बुसबुसाती।

हमारी प्यासी आँखों को
दिखाई देती है दूर से
मरुस्थल में तपती
मृगमरीचिका सी ....

इस दग्ध अनबुझी राख में
फिर जन्म लेते हैं
नये सपनों के सितारे।
कल्पनाओं के देश से उतरे
सफेद पंखों वाले अश्व पर आरोहित हो
उड़ जाते हैं झिलमिलाते आकाश में
टूट कर बिखरने के लिए
किसी अभागे धूमकेतु की तरह.....

❏❏❏

30. पंछी प्रवासी

पंछी प्रवासी दूर देश के
रुचिर स्वर रंजन धवल वेश के!

निज उपवन में तुम्हें निहार
मन में उमड़ रहा है प्यार!

इक नवल गीत गाओ इस बार
ठहरो, कर लूँ थोड़ा श्रृंगार!

ना तुमने वचन दिया था कोई
ना तुमने प्रण किया था कोई!

है कैसा यह अनुराग तुम्हारा
अति मधुर लगे है राग तुम्हारा!

पर तुम कब तक रुक पाओगे
इक दिन ओझल हो जाओगे!

पुकारेगा नेह मेरा, 'ना जा रे,
तुम उड़ जाओगे मुझे बिसारे!

शरद् करे जब पुनः पुकार,
तुम फिर आना पंख पसार!

❑❑❑

31. विकल्प

रात बहुत काली थी,
उड़ान भरने से डरते,
नवजात पंछी के
नन्हे, कोमल पंख,
बेचैन भी, असहाय भी
अपने ही घोंसले में बिताते
लम्बे, कष्टदायक पल!

इस शिशु विहग की माँ,
जानती है सब
और एक दिन
भोर की किरणें फूटते ही
उसकी भयभीत 'चीखों 'की
परवाह किये बिना
धकेल देगी वह उसे
घोंसले से बाहर ......
फिर क्या होगा विकल्प
उसके नन्हे शिशु के पास
उड़ कर आकाश नापने के सिवा?

कोई विकल्प ना होना ही
एकमात्र उपाय है
हर कष्ट के निवारण का,
हर भय के संवरण का,
आमंत्रण है, उन्मुक्त उड़ान का,
एक नये विहान का.......

❑❑❑

32. आमंत्रण

जब चिड़ियाँ चहकें
तब समझो,
छूटा उनका रैन बसेरा,
नभ में उड़ने का क्षण आया!

जब कलियाँ महकें
तब समझो,
टूटा पंखुरियों का घेरा,
पवन नया आमंत्रण लाया!

जब जीवन में सहसा कुछ छूटे
या सुन्दर सपनों का घेरा टूटे,
रुकना क्यूँ, घबराना क्यूँ,
वक्त से आँख चुराना क्यूँ?

समझो कि तुम्हारे स्वागत में, नक्षत्र नए उग आए हैं,
नव अनुबंधों के मुक्ताहल, नवल हंस चुग लाए हैं!

❑❑❑

33. तुम अनजाने पंछी

तुम
अनजाने पंछी
दूर गगन के
और मैं
कोई नहीं .....

तुम आते हो
बसंत की तरह
भूले हुए गीत संजोते
पत्तियों में
कलियों में
फूलों में
झरनों में
झीलों में
नदिया में
प्यासे किनारों में
उमड़ते समुंदर में....

इन रंगों में सराबोर
तुम्हारे चहचहाते गीत
मुझे ढूंढ लेते हैं
और कहते हैं

'तुम हो,
तुम ही तो हो,
इन पत्तियों में झूमती
कलियों में महकती
फूलों में रंग भरती
झरनों में झर झर करती
झीलों में डूबे
देवदार के ऊँचे ऊँचे वृक्षों को सहलाती
नदिया में कल कल करती, बलखाती
किनारों पर बिछी हरियाली की प्यास बुझाती
समुंदर की उमड़ती लहरों में गुनगुनाती, इठलाती, इतराती,
तुम हो,
तुम ही तो हो ...'

और मैं सच मान लेती हूँ
फैला देती हूँ अपनी बाँहे
ऊपर आसमान की ओर
तुम्हारे स्वागत में!

तब कहाँ ध्यान रहता है
कि तुम
जो बसंत की तरह
सजीली प्रीत के गीत ले कर आए हो
सावन-भादों की तरह
व्यथा-कथा दे कर चले भी तो जाओगे
मेरी बरसती आँखों को तो दिखाई भी ना दोगे ...

तुम, अनजाने पंछी
दूर गगन के
और मैं-
मैं कोई थी क्या?

❑❑❑

34. रूई जैसे बादल

नील नभ पर
रूई जैसे बादल
तैर रहे हैं

कभी हाथी,
कभी खरगोश,
कभी बत्तख
कभी भालू जैसा रूप धरते,
बचपन का कौतूहल बिखेर
मुझसे खेलने लगते हैं

कभी सूरज की तीखी किरणों को
छितरा कर
अनगिनत रंगों का
छद्म दृष्य सा रच देते हैं
मेरी आँखों के सामने

कभी भोर और साँझ के रंगमंच पर,
पल पल परिधान बदलती नर्तकी की
कला साधना संवारने लगते हैं

निशा की लावण्य छटा में
एक चंद्रमा को आधार बिन्दु बना,
चार चाँद ही लगा देते हैं!
नये से नये व्यास का आविष्कार करते,
चाँदनी के परिधि चक्र में
सुदर्शन आभामंडल बनाते थकते नहीं

पर क्या आप जानते हैं
इन 'वेत कपोत बादलों के
रूई से मखमली हाथों में
एक रामबाण औषधि है;
खारे सागर से
मीठा जल चुरा
अपनी अंजुलि में बूँद बूँद भरते हैं उसे

धरती की कराहती
सूखी दरारों को देख
बरसा देते हैं अपनी इस संजीवन जल-औषधि की शीतल फुहार

त्राहि त्राहि करते
नवजात अंकुरों में
अपनी तरल उँगलियों से
प्राण-प्रतिष्ठित कर देते हैं
उज्ज्वल हरितिमा की

मेरा अभीप्सित हृदय भी
इन्हीं शीतल बूँदों की प्रतीक्षा में
हर वर्ष बिता देता है
एक वर्ष और......

❑❑❑

35. बावरा मन

जानते हो ना सखा,
मेरा मन बहुत बावरा है!

जंगल में चहचहाते पंछियों के साथ
डोलता रहता है!
खुद को भी पंछी समझ
अगर कभी
उड़ने लगे,
तो उसे अनन्त आकाश में
खोने से पहले,
तुम थाम लोगे ना?

जानते हो ना सखा,
मेरा मन बहुत बावरा है!
समुंदर की लहरों के साथ
खेलते खेलते
भूल जाता है
अपने आपको!
अगर कभी लहरों की भंवर में
फंस कर डूबने लगे,
तो उसे जल-समाधि में लीन होने से पहले,
तुम थाम लोगे ना?

जानते हो ना सखा,
मेरा मन बहुत बावरा है!
दिन भर, फूलों पर मंडराती
तितलियों के पीछे
बेसुध हो भटकता रहता है!
अगर कभी
भटकते भटकते
कंटीली झाड़ियों में
उलझने लगे,
तो उसे आहत होने से पहले,
तुम थाम लोगे ना?

जानते हो ना सखा,
मेरा मन बहुत बावरा है!
मेरे मन की खामोशी में छिपी है
एक चिंगारी,
धरती में दबी आग जैसी!
यदि कभी
ज्वालामुखी बन
इस आग की लपटें
मुझे घेर लें,
और मैं तुम्हारी ओर
केवल देखती भर रह जाऊँ,
तुम्हारा नाम भी ना पुकार पाऊँ
तब भी मेरे उस मौन की भाषा
तुम समझ लोगे ना,
सच कहना सखा,
मुझे भस्म होने से पहले
चंद्र किरणों सी शीतल अपनी बाहों में
तुम थाम लोगे ना?

जानते हो ना सखा,
मेरा मन बहुत बावरा है!

❑❑❑

36. नीलम

जब कभी ऊपर देखूँ
तो लगता है
नीले आसमान से
कोई देख रहा है मुझे,
केवल मुझे!

वो जो छिपा है
सुरमई बादलों के पीछे,
साँझ के झुरमुट में,
आज आया है खेलने
आँख मिचौली मुझसे,
केवल मुझसे!

ये जो रंगों की रंगोली
टाँग दी है उसने
धरती की हरियाली
और आकाश के नील नयनों के बीच,
वो है मेरी
केवल मेरी!

विभावरी के पीछे पीछे
दबे पाँव
वह आ रहा है ढूँढने मुझे
केवल मुझे!

वह चुरा लेगा मुझसे
वही
जो है मेरा
केवल मेरा!

हाए, कहाँ छिपाऊँ
अपने शुभ रत्न
नीलम की उस आभा को
जो मेरी प्राण-ऊर्जा का रहस्य है,
जिसे आज तक छिपाए रही
दुनिया भर से!

कोई तो जगह होगी
कहीं ना कहीं!
बताओ ना,
जल्दी है मुझे,
शायद,
केवल मुझे ......

❑❑❑

37. नीलम से सागर के उस पार

मेरा विश्वास करो
बस एक बार,
कोई है,
वहां,
नीलम से सागर के उस पार!

ठीक वहीं,
जहाँ डूबता है सूरज
हर रोज़,
दिन ढले
साँझ की पलकों तले
कोई है,
वहां,
नीलम से सागर के उस पार!
हाँ, उसी के प्रकट होने का
करती हूँ मैं इंतजार,
खड़ी हो
नीलम से सागर के इस पार!

नहीं, कल्पना नहीं,
सत्य है यह,
मेरा विश्वास करो
बस एक बार,

कोई प्रकट होता है वहां
नीलम से सागर के उस पार....

मेरे साथ कभी देखना,
वहाँ, जहाँ उस सागर की लहरें
चूमती हैं नभ मस्तक को,
उसी बिन्दु से उभरता है वह
हर शाम
धीरे-धीरे
धीर-धरे!!!!

जब गगन गुलाबी, बैंगनी,
पीतवर्ण स्याही उड़ेलने में होता है संलग्न,
क्षितिज के वृहद्काय पृष्ठ पर,
अपनी स्वर्णिम लेखिनी से
सूक्ष्म अक्षर लिखने में निमग्न,
एक सुनहरे आभामंडल सा तपस्वी,
स्पष्ट दीखता है मुझे!

मैं उत्सुक हो पूछती हूँ उससे,
'क्या लिखा, सुनाओ!'
वह मेरी ओर देखता,
पल भर मुस्कुराता
और कहता 'आओ!'

यही है उसका गुरु-मंत्र,
कर्णप्रिय श्रुति सा
जिसकी ध्वनि-प्रतिध्वनि से
विकम्पित हो उठतीं हैं
दसों दिशाएँ,
'आओ, आओ, आओ...'

मुझ तक पहुंचातीं हैं उसका आमंत्रण
बार बार
कितना मधुर होता है
उसके स्वर में वह आकर्षण,
हर बार
'आओ, आओ, आओ...'

उसकी वह पुकार,
कर देती है मुझे
बेबस, लाचार
मैं उसकी ओर,
मंत्रमुग्ध हो चल पड़ती हूँ
भूल जाती हूँ कि उसके और मेरे बीच
फैला है अंतहीन पारावार!

ना जाने कैसे
वह सागर भी जान जाता है मेरी चाह,
दे देता है मुझे राह!
थम जाती हैं उसकी लहरें ढलमल
रुक जाती है सृष्टि की हलचल,
और मैं चलती जाती हूँ
चलती ही जाती हूँ
अकेली

पर जैसे ही उसके समीप पहुँचने का
आता है पल
अचानक आकाश के सभी रंग
हो जाते हैं ओझल
नभ की बहुरंगी स्याही
हो जाती है श्यामल!

पूरा दृष्य समा जाता है
विभावरी के घेरे में
और मैं
उस सुनहरे आभामंडल की खोज में,
ठगी जाती हूँ उस घुप्प अंधेरे में!

मैं कभी नहीं पहुँच पाती उसके निकट,
पर मेरा विश्वास करो,
बस एक बार,
कोई है,
वहाँ,
नीलम से सागर के उस पार .....

❑❑❑

38. क्या इसे प्रेम कहते हैं

यदि दूर रह कर भी कोई, निरंतर सामीप्य का भान जगाए,
यदि वशीकरण मंत्र बन कोई, अभ्यंतर में विराजमान हो जाए,

यदि किसी कवि की कल्पना से, नृत्यांगना सुशोभित हो जाए,
यदि किसी के वसंत गान से, सुधि-वाटिका सुहासित हो जाए,

यदि किसी वैरागी की छवि, निरस्त्र तूलिका पर आरोहित हो जाए,
यदि किसी सिंधु की लहर, तट की शुष्क बालू में तिरोहित हो जाए,

यदि हर अतृप्त अभीप्सा, किसी के नाम मात्र से तर्पित हो जाए
यदि बिना प्रमाण मांगे, हृदय किसी अदृष्य को समर्पित हो जाए

तो क्या इसे प्रेम कहते हैं?

❏❏❏

39. कुछ शेष है कहना अभी

संयोगवश चलती धरा पहुँची हो जैसे क्षितिज पर
प्रथम पग प्रिय तुम धरो देता निमंत्रण शुभ प्रहर!
प्रणय परिणित सिन्धु से उमड़ता घन मेघ सा
पल काल परिधि से परे मैंने तुम्हारे हित रचा!
मन नयन से इसको निहारो साकार नव आलोक है
गगन दर्पण भेदता यह पारदर्शी लोक है!

झिलमिलाता काँच सा
दीपक की मद्धम आँच सा
चंचला के बिम्ब सा,
प्राण के प्रतिबिम्ब सा!

यदि प्रिय मेरा उपक्रम लगे
सत्य का यदि भ्रम जगे
तुम साथ ही रहना अभी
कुछ शेष है कहना अभी!

❏❏❏

40. श्वेत पुष्प चंपा के

श्वेत पुष्प चंपा के
घनघोर घटाओं का
अभिनंदन करते!

डाली पर झूला डाल
सावन की हवाओं में
नर्तन करते!

बरखा की बुन्दियों का
अपनी भीगी खुशबू से
आलिंगन करते!

खिलखिल कर झरते,
हरियाले उपवन का
दामन भरते

❑❑❑

41. सावन-भादों

भीगे भीगे भादों में, भीग रहे दिन रैन,
नदिया का पूर उफान पर, सागर भी बेचैन!

सूरज में तपती धरती, मेघों में सिमटी,
सोंधी सोंधी हरियाली, हवा से जा लिपटी!

चाँद खिलाता जूही को, गा गा कर मल्हार,
मैं जलती बस देख देख, उन दोनों का प्यार!

प्रिय बिन चुभते बाण से, ओ पपिहे तेरे बैन,
मनवा धीर धरे कैसे, प्यासे हों जब नैन?

❑❑❑

42. यादों की बदरी

आया है सावन
घिर आई है बदरी!

इन काली कजरारी घटाओं में
जब घबरा कर सिमट जाती है शाम
याद आते हो तुम,

और वही छंद
जो ऐसे ही सावन से चुरा कर
हम लिख भेजते थे सबसे छुपा कर
एक-दूसरे के नाम
सपनों में!

दूर दूर थे हम
फिर भी लगता था मानो हम भीग रहे हों
साथ साथ
थामे हाथ ....

यादें उन पलों की
जो कभी आए ही नहीं
सावन में दोहराना अच्छा लगता है!

जैसे दोहराती थी राधा
श्याम-मिलन के क्षण
जो बीत तो गए
पर रीते नहीं.....

वो भोली,
नहीं जानती
कि कोई कोई विरहणी ऐसी भी होती है,
जो विरह में मिलन नहीं
विरह को ही दोहराती है
ऋतु आती है
जाती है ....

❑❑❑

43. फागुनी संकेत

मधुबनी संदेस लाया, कोकिला का मधुर स्वर!

बसंत दर्पण में झलकता
सरस रस भर भर छलकता

पुलकित मदन अंचल हुआ
सुरभित पवन चंचल हुआ

सुमन शोभित कामिनी,
गुनगुनाती यामिनी

नव रूप सज्जित प्राण है
नव ताल है, नव गान है!

नव लय में नर्तित सृष्टि है
नव दृश्य है, नव दृष्टि है!

झननझन करता हुआ, आ गया ऋतुराज
छननछन करता हुआ, छा गया ऋतुराज!

❑❑❑

44. सखा

आज प्रातः काल
बसंत का सूर्य उदित होने से पूर्व
कोई सिद्ध जोगी गा रहा था
कंदर्प को जगा रहा था!
हृदय आतुर करता
उसके नये राग का रस पान
किया मैंने
'बसंत-भैरव'
उसे नाम दिया मैंने!
जोगी गायक के भेस में
किए नीलभस्मा धारण
साक्षात प्रणवान
शुभ कारण,
प्रिय, क्या वो
तुम थे?
क्यूँ आए थे?
किसीकी कामना तृप्त करने?
किसकी कामना?
अपने दरसन दे
मेरी कामना
या अपनी जोगन के दरसन कर
अपनी कोई कामना ....?
क्या तुम्हारी भी कोई कामना शेष है अभी?

❐❐❐

45. वसंत-यामिनी

अर्धरात्रि में
राधारानी को निद्रा से जगाते
कृष्ण की वंशी के मधुर स्वर
वसंत के उन्माद में घुलने लगे

कलकल करती यमुना में प्रतिबिम्बित
पूर्ण चंद्रमा
आतुर था
सितारों जड़ी चूनर से झलकते
राधारानी के रूप लावण्य का
दर्शन करने को।

सहसा राधा के पग नूपुर झंकार से
मुखरित हो उठी
वसंत यामिनी

वह अपने सखा के समीप बैठ
कुछ पल उनकी वंशीधर छवि
निहारती रही
फिर उनकी बाँह थाम बोली
'तनिक ठहरो मनमोहना,
कुछ पूछना है तुमसे!

तुम्हारी सभी सखियों से परिचित हूँ मैं
पर यह 'मीरा 'कौन है?
अर्धनिद्रा में तुम कई बार
यह नाम पुकारा करते हो;
कौन है यह मीरा?'

कृष्ण ने अपने नीलनयन खोल
राधा के विस्मित मुखमंडल को निहारा
उसका हाथ थाम
सजल भाव भर बोले
'राधे, तुमने आज मेरी वंशी पर
जो धुन सुनी
उसमें मैंने मीरा का वही गीत पिरोया है
जो वह गाएगी एक दिन
अलौकिक प्रेम माधुर्य में नृत्य करते हुए,
ललिता की तरह!'

राधा के श्रीनेत्र छलक पड़े।
कृष्ण के हाथों से बंसी खींचते हुए उसने पूछा
'मेरी तरह क्यूँ नहीं कान्हा?
मेरी तरह क्यूँ नहीं?'

कृष्ण मुस्कुराते हुए बोले
'अरे, तुम जैसी अन्य
कोई कभी हो सकती है क्या?'

❏❏❏

46. आम्रमंजरी

वसंत के स्वागत में
आम्र मंजरी खिलने को कितनी आतुर थी;
और उससे भी अधिक आतुर थी,
खिल कर झर जाने को!

जबसे उसकी झरती बौर में छिपे
आम्र-रस-बिंदु ने आकार लिया है,
उसकी समस्त आतुरता
कहीं विलुप्त सी हो गयी है।
अपने अंत:स्वरूप का विस्तार करती
वह अधीरा,
अब धैर्यपूर्वक,
हरपल यूँ समाधिस्थ रहती है
मानो समस्त सृष्टि उसी में समाहित हो चुकी हो!

इस आम्र-तत्व में कहिं उसने अमरत्व का रहस्य तो नहीं पा लिया?

राधारानी के पुष्पालंकृत झूले की तरह
अनगिनित आम्र-रस बिंदु झूल रहे हैं
उसकी हर शाख पर!

जानते हो कृष्ण
इनमें से एक,
केवल एक ही पर्याप्त है
तुम्हारी अठारह अक्षहौणी सेना के
अतिक्रमण से क्षत विक्षत
इन आम्र मंजरियों को कालजयी बनाने के लिए
क्यूंकि हर रस बिंदु में निहित है
असंख्य आम्र मंजरियों का
प्रस्फुटन हास्य!

❒❒❒

47. राधिका

कृष्ण तुम्हारी वंशी का स्वर, स्वप्न में जब मैं सुनती हूँ,
तुम नहीं जानते कितनी निर्जन कठिन राह मैं चुनती हूँ!

उस राह की भूल भुलैयाँ में, अपने को भूल मैं जाती हूँ
कालिन्दी कूल पे आम्र कुंज में अश्रु बिंदु ही पाती हूँ!

उन सूनी वृक्षावलियों से पूछ-पूछ कर मैं हारी
चरण-चिन्ह कहाँ कान्हा के, किस ओर गए हैं बनवारी?

गुनगुन करते प्यारे मधुकर, कोई राह सुझाओ ना!
कहाँ छिपे हैं श्याम मेरे, श्यामा-तुलसी बतलाओ ना!

जाने कब दरस दिखाएँगे प्रिय, है अधीर मन पीर भरा,
सब जल-थल हो जाएगा, नयनों में इतना नीर भरा!

तुम लौट के आओगे इक दिन, संध्या आ कर समझाती है
दीप तुम्हारे मधुर नेह का, दहरी पर धर जाती है।

❒❒❒

48. महायोगिनी

प्रिय था जो हर गोपी को, प्रिय माने थी हर रानी,
क्यूँ उस मोहन संग सुशोभित, केवल राधारानी?

रासेश्वरी हृदय में रम गए, तप-साधन और सन्यास,
जो 'कृष्ण-लगन' में हो मगन, उसको क्या योगाभ्यास?

राधा का एकमात्र आभूषण, 'कृष्ण नाम' ही शेष,
प्रिय-प्रवास में वह तपती, दिखते 'हरि' अनिमेष!

'कृष्ण-प्रेम-रस' में पगे, उसके जीवन श्वास
इस महायोगिनी वेश में, कृष्णप्रिया का वास,!

❑❑❑

49. जोगी

मत हमें सिखा तू जोग, जोगी,
मत हमें सिखा तू जोग!

खिलती कलियाँ गोपीवन में
चुभता तेरा जोग,
मत हमें सिखा तू जोग

हमको भावे माखन मिसरी
फीका तेरा जोग
मत हमें सिखा तू जोग

हंसा हमरा मोती चुगता,
काँकड़ तेरा जोग!
मत हमें सिखा तू जोग

होली ने हुड़दंग मचाया
रूठ गया तेरा जोग
मत हमें सिखा तू जोग

गुलाल लिए कान्हा आया
बेरंग तेरा जोग
मत हमें सिखा तू जोग

रास में तन मन थिरक उठा
नीरस तेरा जोग
मत हमें सिखा तू जोग

साँवरिया संग पार हुए हम
खड़ा किनारे जोग
मत हमें सिखा तू जोग

हिरदय में हरि जोत प्रकाशित
अंधियारा तेरा जोग
मत हमें सिखा तू जोग,
मत हमें सिखा तू जोग, जोगी
मत हमें सिखा तू जोग!

❑❑❑

50. सत्य या भ्रम

सखा, तुम कहीं भी रहो
समीप हो मेरे
उतने ही
जितने थे कृष्ण
राधा के!

बालपन में नटखट कान्हा बन
वृन्दावन मे रहते हुए,

मधुर स्मृतियाँ पीछे छोड़,
मथुरा के लिए प्रस्थान करते हुए,

द्वारकाधीष बन,
अपने भव्य महल में निवास करते हुए,
अपने रनिवास में हास-विलास करते हुए,

कर्मयोगी कृष्ण बन
पांडवों की राह निष्कंटक करते हुए,

हर पग पर सखि द्रौपदी को
अपना सौख्य संरक्षण देते हुए,

युद्ध की विभीषिका से
मानवता की रक्षा का,
हर संभव यत्न करते हुए,

कुरुक्षेत्र में पार्थसारथी बन,
अर्जुन के रथ का संचालन करते हुए,

भिन्न भिन्न परिपेक्ष्य में
प्रकट होते रहे
भिन्न भिन्न वेषभूषा में
पर कृष्ण का सत्यरूप प्रेम है,
इसलिए कहीं भी होते हुए
वे स्थिरभाव में वहीं रहते हैं
जहाँ स्वयं को अपने सत्य-स्वरूप में पाते हैं!

राधा के हृदय के अतिरिक्त,
वह स्थान,
अन्यत्र कहीं है क्या?

जब यह सब सोचती हूँ
मुझे आभास होता है प्रिय,
तुम कहीं भी रहो,
समीप हो मेरे,
केवल मेरे!
तुम्हीं बताओ
यह सत्य है या भ्रम?

❐❐❐

51. स्त्री, नियति और समाज

एक जमाना था,
जब स्त्री का वजूद समझा जाता था कैद
समाज की जंजीरों में
अपने भाग्य को रोना ही होती थी
नियति उसकी!

तब मेरी साहसी नानी ने
अपने साहस और आत्मविश्वास से
अपनी नियति को बदल कर दिखाया
अपने भाग्य में लिखा दुर्भाग्य का लेखा
मिटा कर दिखाया!

वह अल्प शिक्षित युवा विधवा
असहाए थी,
निरुपाय थी
मन ही मन
आशंकित थी,
अकेली थी
विकम्पित थी!

पर वह जानती थी
दुनिया से लड़ना भी
और दुनिया को झुकाना भी–

अपने लिए,
अपनी बेटियों के लिए,
और हाँ,
मेरे लिए तो
आसमान के तारे भी तोड़ कर ला सकती थी!

काश,
उसके जैसे साहस का अंशमात्र भी
मैं देख पाऊँ आज
स्वयं अपने में,
या किसी भी अन्य स्त्री में ....

बड़ी हैरत होती है मुझे
जब एक आधुनिक स्त्री भी
भूल जाती है
अपनी स्वभावजन्य शक्ति को
और मंच पर खड़े हो कर
कहती है,
कि उसका वजूद कैद है,
समाज के किसी चक्र में ...

यदि एक स्त्री करे सके
अपने को,
केवल अपनी ही सोच की जंजीरों से आजाद,
और ठान ले आगे बढ़ने की,
समाज
अपने आप पीछे हट जाएगा

नारी सदैव जयते
नारी स्वयमेव जयते

❑❑❑

52. यादों का बक्सा

बचपन में
मेरे पास था
एक खास बक्सा!
माँ रखती थी उसमें
मेरे कपड़े,
प्यार से तह लगा कर...

मेरी विदाई के बाद
उसमें माँ रखती
अपना गिना चुना सामान
जरूरत के अनुसार ....

माँ के चले जाने के बाद
उसका जो सामान मैं लाई वापिस
अपने घर,
उसमें था
वह यादों का बक्सा भी!

सच, कितना लम्बा सफर तय करके पहुँचा था आज वो
मेरे पास,
फिर से!

बड़ा हौसला मिलता था उसे देख कर,
कोई शक नहीं था
उसकी मजबूती पर
बहुत कुछ सहा था उसने
बदलते वक्त के साथ!

एक खौफनाक मंजर वो भी था
जब नानी का हाथ थामे
आग की लपटों में से होता
बंटवारे के उस बड़े हादसे में से गुजरता
वह बचकर आया था कभी,
ज़िंदा!

कुछ देर मैंने उसे सहलाया
फिर आहिस्ता से खोला
माँ का बचा खुचा सामान टटोला!
एक एक कर
हर चीज़ निकाली गई
और बाँट दी गई .....

अचानक जब देखा उसे खाली,
बिल्कुल खाली,
ना जाने क्यूँ
दिल जैसे
धक् सा हो गया!

सोचने लगी,
अब इसमें रखने को कुछ है ही नहीं,
तो क्या करूँगी इसका?

आँखों में भर आए
मोटे मोटे आँसू

और उस बक्से के भरे-पूरे दिन याद करते हुए
फूट फूट कर रो पड़ी
मुँह से बरबस निकल गया,
'हाँ माँ,
अब इसे भी करना होगा विदा!'

तभी अचानक बिटिया आ गई
और जान मेरे रोने का कारण मुस्कुराई,
मेरे आँसू पोंछते हुए बोली,
'इसमें रोने की क्या बात है मॉम,
लो, ये मेरे गुड्डे गुड़िया और खिलौने,
जिन्हें मैं फैंकने नहीं देती,
इन्हें रख दो ना संभाल कर इसमें,
मेरी अल्मारी में यूँ ही जगह घेर रही हैं!'

मेरे दुख के आँसू
पल भर में
खुशी के मोती बन गये!

पता नहीं कैसे
हर बेटी को आता है संभालना
माँ का बक्सा भी
और माँ का आँसू भी!

❐❐❐

53. नानी का चरखा

बीत जाता है वक्त
पर रह जाता है कुछ ना कुछ ऐसा
जो बीतने से
कर देता है इन्कार
कभी नहीं जाता घर से बाहर
कभी नहीं होता बेकार!

जैसे मेरी नानी का चरखा!

नहीं देखा उसे कब से
शायद सालों से,
फिर भी यह सोच कर तसल्ली होती है
कि मैंने उसे खोया नहीं है
उसका स्वर-गुंजन जाग रहा
सोया नहीं है ....

उस पर किसी का झुर्रियों वाला नाज़ुक हाथ
स्मृतियों की रूई बटोर,
धीरे-धीरे,
कुछ कातता रहता है!
धागे की तरह कीली पर लिपटते वक्त से
वह बार-बार पूछता है
एक ही प्रश्न-

श्कब तक
आखिर कब तक रोकोगे
हवा में लहराते
मेरे सूत से बुने,
बंधे और सधे
सहस्र प्राण-मन के संकल्प को
अतीत में से उदित होते
भविष्य के विकल्प को?'

काश उन रूई सी कोमल स्मृतियों को
प्रतिशोध की ज्वाला में
भस्म होने से पहले
हम बचा लें;
अपने सदियों से जुड़े सम्बंधों में मुँह बाए पनप रही
वैमनस्य की विषबेल को
उखाड़ फेंकें!

काश भूल जाएँ उस सबको
जो सचमुच बीत चुका है!
ढूँढ लें हम कोई ऐसा प्रतीक-चिन्ह
जो नानी के चरखे की तरह
हमेशा हमारे पास रह पाए
काश हमारे भटकते कदमों को
खुशियों का खोया बसेरा मिल जाए
काश इस अंधेरे के पार
बाँहे पसारे
इंतजार करता
सुनहरा सवेरा मिल जाए!

❐❐❐

54. हवा-महल

आज जो कहलाता है 'पैन्टहाऊस'
उसी को 'बरसाती' भी कहते थे कभी!

हर तरफ खिड़की,
हर खिड़की से सब कुछ दिखता था
आसमान,
पूरा का पूरा,
लगता था जिंदगी में कुछ नहीं है अधूरा!

उगता सूरज,
ढलती साँझ,
हर रात
एक नई चंद्र-कला,
तारों भरे आसमान का,
छत पर सोए
मेरे दिल के साथ
धड़कने का सिलसिला ....

भले ही भुनना पड़ा
गर्मियों की कड़कती धूप में दिन भर,
पर रात ने दिए
बहिश्त की ठंडी ठंडी हवाओं के झूटे
जी भर कर!

सर्दियों में
गुनगुनी नर्म धूप खिल-खिल पड़ती थी
नीले आसमान से छन-छन कर!

और बारिश में जो भिगोए ना,
वो 'बरसाती' किस काम की?
खिड़की से ही दिख जाती थी,
मीलों दूर से आती काली घनघोर घटा,
और उसके मेरी छत पर
टूट कर बरसने के बाद
इन्द्रधनुष की रंगीन छटा!

जिंदगी बदली,
दिल्ली बदली
देखते ही देखते,
बनती गई बहुमंजिली इमारतें,
फैल कर बड़ी होती गईं महानगर की शिकायतें,
सिकुड़ कर छोटे होते गये घर
बनावटी सुख सुविधा से भरपूर,
ये घर कहने को आरामदेह,
पर हर मौसम लगता एक सा,
सर्दी हो,
या गर्मी,
या फिर बरसता हो मेह!

उन पिंजरों से घरों की खिड़कियाँ
शायद ही खुलती हों कभी,
और खोलने का फायदा भी क्या?
उनमें से चाँद-तारे तो दिखते नहीं,
दिखता है बस
टूटा हुए आसमान ही
वो 'बरसाती' तो रह गई वक्त की बदलती हवाओं में,

बन कर एक नाम ही.....

अब तो वो नाम भी बदल गया है-
बताया 'ना-पैन्टहाऊस' हो गया है!

सोचती हूँ,
क्या आज के 'पैन्टहाऊस' को 'बरसाती'
या मेरी उस 'बरसाती' को
'पैन्टहाऊस' कह सकते हैं?
मेरी यादों में झूलते
उस खूबसूरत 'हवा-महल' में,
आइये,
आप भी रह सकते हैं!

❑❑❑

55. माँ को अच्छा लगेगा

आ रही है
माँ की याद!
छाई है मायूसी
उमड़ी रही है वेदना,
घिर आई है उदासी।

याद आता है बचपन
जिसे कहीं पीछे छोड़
कुलाचें मारते,
हम हो जाते हैं युवा,
और माँ,
जो बिना थके घूमती रहती थी
पूरे घर में बन कर हवा,
धीरे धीरे सिमट जाती है
अपने ही किसी कोने में।
निहारती रहती है,
हमारा आ कर जाना
और जा कर आना!

हमारी धुंआधार जिन्दगी को भी तो
उसी कोने में होता है ऐसा एहसास,
कि आई हो जैसे, चैन की श्वास!

फिर माँ अचानक बिछड़ जाती है,
सन्न रह जाते हैं हम
और सबसे छिप कर
फूट फूट कर रोते हैं,
हाँ, ऐसे रुआँसे पल सभी की जिन्दगी में होते हैं!

मैं भी रोई थी ऐसे ही,
कई दिन,
कई रात,
बार बार मन में आती,
एक ही बात,
माँ मिल जाए
बस एक बार,
मुझे बाहों में भर ले
बस एक बार!

मैं अब माँ को देख नहीं सकती
क्योंकि अब माँ नहीं है,
यही सत्य है,
प्रमाणित सत्य
कठोर सत्य,
और मुझे इसे स्वीकार करना ही है!

पर क्या माँ भी मुझे नहीं देख सकती?
क्या यह भी सत्य है?
प्रमाणित सत्य?
नहीं,
कोई प्रमाण नहीं है इसका
ना मेरे पास,
ना किसी और के पास!

सहसा, जागा एक नया आभास ...

शायद,
वह मुझे देख सकती हो!

यदि देखती होगी
तो कैसे सहती होगी
मेरी उन आंखो में,
आँसुओं की धार,
जिन्हें उसने कभी ना होने दिया था नम?
वह तो देखना चाहती थी
मुझे मुस्कुराते हुए हरदम!

तो फिर क्यूँ ना उठ कर पोंछ लूं आँसु,
शृंगार करूँ
तन का, मन का, जीवन का,
और धरूँ हूबहू वैसा रूप,
जैसा चाहती थी माँ!

माँ की खुशी के लिए
इतना तो कर ही सकती हूँ ना मैं,
और आप भी,
माँ को अच्छा लगेगा!

❑❑❑

56. बसंत की कोंपल

पतझड़ में
पेड़ के नीचे बिखरे
ये सूखे पत्ते,
हरे से पीले, फिर भूरे होते
भुरभुराते पत्ते!

हम सबने देखे हैं कितने ही ऐसे पतझड़,
और समझते हैं
मौसम का आवागमन!

मेरी नन्ही वैदेही ने जब पहली बार देखे
पेड़ से गिरते
हवा में बिना डोर की पतंग से उड़ते,
ढेर सारे सूखे पत्ते तो पूछा,
'नानी, क्यूँ गिर रहे हैं ये?'

मैंने कहा
'तुम रोज बदलती हो ना अपने कपड़े,
पर पेड़ ऐसा नहीं करते!
हर साल आता है उनका
हैप्पी बर्थडे
और वे उतार देते हैं अपना पुराना लिबास,
पहनते हैं नया,

जैसे तुम पहनती हो
अपने हैप्पी बर्थडे पर!'

'पर कहाँ है इनके नए कपड़े?'
वैदेही ने
उनकी सूखी सूखी शाखाओं की ओर देखते हुए पूछा।

मैने उसे गोद में उठाया
और दिखाए,
बसंत के शुभागमन का संकेत करते
शाखाओं पर दमकते
हल्की हरियाली से भरे
नन्हें नन्हें नवजात पत्ते!

वैदेही,
आश्चर्य चकित हो निहार रही थी उन्हें,
'इतने छोटे-छोटे?'
मैंने उसे नीचे उतारा
और कमर सीधी करते हुए कहा
'हाँ, जैसे जब आप आए थे,
तो आप भी छोटे थे ना,
अब बड़े हो गए हो!'
वैदेही खिलखिला कर बोली
'और 'हैवी' भी!'

कमर में उसके बोझ से उठा दर्द भूल
मैं आश्चर्यचकित हो सोचने लगी,
कि वह कलिका
जो कल तक बसंत की कोंपल सी हल्की-फुल्की थी,
कितनी जल्दी बड़ी भी हो गई थी,
और 'हैवी' भी.....

❑❑❑

57. जीवन गीत क्यूँ नहीं बन पाता?

वैदेही, कल ही तो हुई थी
मात्र तीन वर्ष की,
और आज उममें,
किसी शिशु विहग का
उड़ान भरने से पूर्व का
उत्साह झलक रहा है!

कल उमने मुझे कुछ लिखते देखा
तो अपना खिलौना छोड़
मेरे समीप आ बोलीं
'आप का कर रही हो', नानी?
मैंने कहा 'लिख रही हूँ'
'का लिखती हो?'

'कविता' मैंने कहा
वह हटी नहीं
बस मुझे एक प्रश्न वाचक दृष्टि से देखती रही,
मानो जानना चाहती हो कि कविता क्या होती है!
मैंने समझाया, 'कविता, गीत होती है!
तुम जो गीत गाती हो ना
उसे पहले कोई लिखता है
तुम्हारे गाने के लिए!
बस मैं भी वैसा ही गीत लिख रही हूँ!'

कुछ ही देर में वह एक कागज़ लिए लौट आई,
इस बार उसका आग्रह था,
'नानी, एक पेन दे दो'

बैग में से एक पेन निकाल
मैंने थमा दिया उसे
थोड़ी देर में मैंने देखा
वैदेही कागज पर कुछ लकीरें खींच रही थी
मैंने पूछा 'क्या बना रही हो, ड्राइंग?'
वह बोली 'नहीं, गीत!'
वैदेही के अनुसार
मात्र एक कागज़ और एक पेन ही तो चाहिए
और बन जाता है गीत....अपने आप!
पर यदि गीत बनाना इतना सरल है,
तो हमारा जीवन
गीत क्यूँ नहीं बन पाता?

❐❐❐

58. स्मृति 'निराला'

मुक्ताहल भरा,
वो था एक सागर,
किए बंधन से मुक्त
छंदों के पर,
वीणा तरंग
वाणी में भर,
उड़ता विहग सा
नभ में निडर!

कोरा कागज़ कलम लिए वो चला
पर अंधेरे ने सूर्य-किरणों को छला!

वो माँझी अकेला,
तेज मंझधार,
भावों की कश्ती
क्षितिज की पुकार,
सहता रहा
हवाओं की मार,
शब्दों की डोर से
बाँध पतवार,
हर लहर लांघ पहुँचा,
भंवर के वो पार!

जीवन का सत्य
दिखाता रहा,
गूँगी व्यथाएँ
सुनाता रहा,
राहें नई
जगमगाता रहा,
सोए तार दिल के
जगाता रहा,
स्वर्णिम साहित्य
लुटाता रहा,
फाकामस्ती का जश्न
मनाता रहा!

जीर्ण खंडहर में भी भाव उसने रचा,
अभावों से पर वो स्वयं ना बचा!

मन में प्रकट हुई
भवतारिणी,
कांत कविता में अवतारी
स्वर किंकिणी,
रही हस्त में बन
हीरकमणी,
'निराला' की वो
प्रखर लेखिनी!

❒❒❒

59. स्वर्णिमा-हिमा

हिमा, अपने लक्ष्य को छूने की लगन लिए
जब तुम दौड़ती हो,
और दौड़ते दौड़ते
निकल जाती हो आगे
सबसे आगे,
हमारे देश की मिट्टी का चंदन,
तुम्हारे चमकते माथे पर खूब सजता है!

रेस की अंतिम रेखा को
सबसे पहले लांघ,
पसीने से तरबतर,
जब तिरंगा ओढ़ लेती हो
सुरखाब के पंखों सा,
सच कहूँ,
बहुत सुंदर लगती हो तुम!

और मुझे लगता है
मैं स्वप्न में देख रही हूँ
माँ भारती की
एक गुमनाम बेटी का स्वप्न
जो उसने देखने की हिम्मत की.....

यकीन ही नहीं होता
इस दृश्य पर!
तुम्हारी ओर तो कभी हमारा
ध्यान ही नहीं गया
'चियर-अप' करना तो दूर
हमने तुम्हारी लगन को कभी सराहा ही नहीं
और तुम
पहुँच गई
सबसे ऊंचे शिखर पर
सबसे कठिन रास्ते को पार कर!

देश भर को समझा दिया,
'मंजिल पाने के लिए,
रास्ता बनाना
और दौड़ना
दोनों की जरूरत है
पाँव में जूता है या नहीं,
कोई फ़र्क नहीं पड़ता!'

वाह स्वर्णिमा, वाह!

❑❑❑

60. किसान

कुछ लोग
दिखते नहीं हैं अक्सर!
हमारे महानगरों की चकाचौंध
गायब कर देती है उन्हें
हमारी नाजुक आँखों से!

ये हैं धूल में सने किसान
जिनकी मेहनत है
हमारी जननी जन्मभूमि की पहचान
गाँव की सोंधी मिट्टी से वो
अपने घर बनाते हैं
उन्हें फूल पत्तियों के महकते रंगों से लेप,
हमारी प्यारी ग्राम वासिनी
माँ भारती को सजाते हैं!
इस शस्य श्यामला धरती को छूते हैं इनके हाथ
जितनी बार,
वह अन्न के दानों में भर कर
अपना स्वाद,
अपना प्यार
उड़ेल देती है उतनी ही बार!
ना जाने क्यूँ
इतनी मेहनत करके भी
वो खुद रह जाते हैं वंचित
बेबस, लाचार!

प्रेमचंद के उपन्यास के पन्नों से
आज भी आँखें फाड़े झाकते हैं वो
जिनकी नहीं कोई पहचान
ये सरपट दौड़ती दुनिया
जिनसे रहती है अनजान!

महानगरों के किसी फाइव स्टार होटल से उठते कहकहों के बीच,
कौन सोचता है
'क्या कभी धनिया बना पाई
होरी को खिलाने के लिए
उसका कुछ मनपसंद?
उसके चूल्हे में भी जली क्या आग
या वा दोनों भूखे ही
नींद में रहे हैं जाग???'

सियासत और राजनीति की अपनी मजबूरियाँ हैं, हमेशा रहेंगी;
क्यूँ ना आज हमीं एक छोटी सी कोशिश करें
ज्ञान विज्ञान अनुसंधान
उस गाँव के किसान तक पहुंचाने की, आधुनिकीकरण की दौड़ में
उसे भी आगे निकलने की राह दिखाने की!

आओ हम ही निकालें समाधान
और बदल दें पलायन का रुख
गाँव महानगर की ओर नहीं
महानगर चलें गाँव की ओर
वैसे ही जैसे लौटते हैं
दिनभर की उड़ान से थके हारे परिंदे
अपने घरौंदों की ओर!

❐❐❐

61. हाथ उठा बोला मजदूर

जगमग करती मीनारों से
ऊँची ऊँची दीवारों से
हाथ उठा बोला मजदूर
मत समझो मुझको मजबूर;
तुम्हें मुबारक इस बेबस
सहमी दुनिया की मायूसी
मैंने कब कहा ये मेरी है
पर तुम्हें थाम रक्खा है जिसने,
वो मेहनत सारी मेरी है!

आसमान की नीली छत
दिखती जो सर के ऊपर,
सारी की सारी मेरी है!
क्या बंद करूँ और क्या खोलूं,
बिन खिड़की दरवाजे की
ये धरती सारी मेरी है!

तुम हंस-हंस कर काट रहे हो
जितने दिन, जितनी रातें,
उन सबके ऊपर लगी है मोहर
जिसके खून-पसीने की
वो हिम्मत सारी मेरी है!

मैं डग भरता
कभी पहुँच जाऊँगा ही,
घड़े के ठंडे पानी तक,
पर प्यास बुझा पाई कब किसकी
रक्खी तुमने बाँध गठरिया
जो दौलत की ढेरी है?

माना बहुत दूर तक मुझको
नंगे पाँव चलना होगा
पर ना थकूँगा पहुँच ना जाऊँ
जब तक अपने उस पीपल तक
जहाँ से मुड़ते ही आ जाती,
घर की गली वो मेरी है
नहीं पराया वहाँ कोई
वो बस्ती सारी मेरी है ...

❑❑❑

62. आह, श्रमिक जीवन

कितना आसान होता है
किसी भी महानगर का
निगल जाना
बेघर प्रवासी श्रमिकों को;
कठोर पत्थरों के बीच
काँटेदार पौधों पर उग रहे
उन जंगली फूलों को,
जिन्हें जिंदगी ने
वैसे भी
मसल डालने में
कोई कसर नहीं छोड़ी ....

कितना मुश्किल होता है जीना,
सिर्फ जीना
और जीने से अधिक
कुछ नहीं,
अपने खुरदरे हाथों से
अपने फूटे भाग्य को
तलाशते हुए
तराशते हुए!

ग्रीष्म के चढ़ते सूरज की चिलमिलाती धूप
सर पर ओढ़

पसीने में नहाते हुए,
धरती को नहलाते हुए!

सर्दियों में
अपनी रगों में जमे खून को
भूख की आग में पिघला कर
धरती पर,
कतरा कतरा बहाते हुए,
धरती का शरीर
उनका अपना ही तो है!

भूख से मजबूर हर श्रमिक की जिंदगी
लड़ती रहती है
धरती में गहरे गड़े पत्थरों से,
सूखे से, बरसात से,
आँधी से, तूफान से
नदिया के उफान से
अपने ही जिस्म से
अपनी ही जान से!

हर रोज़
साँझ ढलने पर
रूखी-सूखी रोटी के चार निवाले खा कर,
थकी गहरी नींद में जाने से पहले
अंधेरे के उनके अस्थि-पंजर पर
अपने पैर जमाने से पहले,
एक माटी के दिये की
कांपती लौ में,
ढोलक की थाप पर
अपने फटे पैरों को थिरकाते,
गा लेते हैं वे
दो चार चौपाइयाँ तुलसी की,

मानो राम
उनके हों-
सिर्फ उनके!

इन्हीं कुछ पलों में
जीते आए हैं वो
हर मौसम में
अपने भाग्य का बसंत....

अगर कभी
जोर से हंस देते हैं
अपने बच्चों की बड़ी बड़ी आंखों के
छोटे छोटे मासूम सपनों पर,
तो जिंदगी पूछती है तपाक से
'तू जिंदा है अभी?'

जिंदगी की ये आवाज़
उनकी रगों में खून के साथ साथ
दौड़ती रहती है
किसी मरघट के सन्नाटे की खोज में .....

दूसरे ही पल दिखाई देता है,
अपने गाँव की धूल को झाड़,
महानगरों के सपने सजाने
दूर से आता
एक नया जत्था
श्रमिकों का .....

❑❑❑

63. कलम

कभी-कभी
कुछ लिख पाना
मुश्किल होता है
कलम के लिए
लेकिन कभी-कभी
उससे भी अधिक मुश्किल होता है
कलम को कुछ लिखने से रोक पाना!

पर कलम का हौसला तो देखो
कभी-कभी चल पड़ती है बदलने
भाग्य का लिखा भी
और लिखने वाले को पता ही नहीं चलता
कि कब चली
और चलते चलते निकल गई
हाथ की रेखाओं से भी आगे उसे बाँधने को आतुर
दसों दिशाओं से भी आगे!

रात के आने पर
दिन भर की मुश्किलों से थक हार कर
लेखक भले ही सो जाए
पर उसकी कलम को विश्राम कहाँ
वह हर पल जागती रहेगी
आनी वाली भोर के अदृश्य पन्नों पर

बिना रुके
भविष्य में उठने वाले प्रश्नों के उत्तर ढूँढते हुए
भागती रहेगी!

कलम जानती है
हर मुश्किल हल करने का हुनर
इसलिए कलम के ओ चतुर बाजीगर
तुम्हारे हाथ में कलम नहीं
एक पंखों वाला घोड़ा है
अपनी कल्पना की उड़ान भरते समय
इसकी लगाम को थामना
जरा कस कर
कल वक्त जब बदलेगा
तुम रहो या नहीं
तुम्हारी कलम से हर
मुश्किल सवाल का जवाब मांगा जाएगा
तुम्हारी किताबों में दर्ज
हर होनी-अनहोनी का हिसाब मांगा जाएगा

हर युग में होगी तुम्हारी कलम की अग्नि परीक्षा
तुम्हारी कलम से अंकित शब्द ही करेंगे पूर्ण
गुरुजनों से प्राप्त दीक्षा!

❑❑❑

64. भुरभुरे पत्ते

कैसे मान लूँ कि मर चुके हैं
पतझड़ में एक एक कर झरते
अनगिनित पत्ते
इनमें अभी साँस लेता एक संगीत है
गुजरे वक्त के सुगंधित लम्हों का गीत है।

इन पर चल कर देखो कभी,
लगता है जैसे हर पत्ता
भुरभुराने से पहले
धरती हिला रहा हो
अपने साथ गुनगुनाने को
तुम्हें भी
बुला रहा हो

❑❑❑

65. अभिमन्यु

बीते हुए कल का,
वह निर्णायक है
हर संघर्ष के पल का,
देता है आहुति सबसे पहले,
स्वयं,
रुकता नहीं,
रुक सकता नहीं,
क्यूंकि वह अभिमन्यु है!
वह जय नाद है
आने वाले कल का.....

❐❐❐

66. शबनम

इस दुनिया में पहले से ही कम तो नहीं हैं गम
रात रात भर तन्हा रोती रहती है शबनम

कभी-कभी खुशियाँ भी कर देतीं हैं आँखें नम
जले ना कोई तो कैसे हो घनघोर अंधेरा कम

पेड़ की फुगनी पर बैठी बुलबुल गाती सरगम
आज झूम के तुम भी गाओ, बदलेगा मौसम

डिगें ना नेकी के रस्ते से तेरे कभी कदम
उतनी ऊँची थाम मशाल जितना गहरा तम

जब आसमान पर लहराएगा सूरज का परचम
दुनिया देखेगी तेरी बाजू में है कितना दम

इस माटी में है लहू शहीदों का ना भूलें हम
बड़ी आस से कुछ तारे, हमें ताकते हरदम

जश्न मनाएँगे सब मिल कर सच कहते हैं हम
किरनें नई करेंगी इक दिन आँगन में छमछम

❑❑❑

67. पुरानी दिल्ली

नूर-ए-आफ़ताब में जिसका भी फजल है,
मुखातिब उसी से गीत मेरा, तेरी गजल है!

शीशा है शक का बेफजूल, बीच में अड़ा,
आपस की बात में भला, क्यूँ इसका दखल है?

चूर चूर कर इसे, फिर साथ मेरे चल
इंतजार कर रहा, ख्वाबों का महल है!

तब जश्न ना मना सके, तो आज कर जतन,
अब ना कोई रंजिश, ना कोई खलल है!

जो वक्त बुरा था, गया, ना याद उसे कर,
वही पुरानी दिल्ली,वही चहल पहल है!

मेरा आइना ना हो सका, तेरे अक्स से जुदा,
देखूं जो खुद को दीखती तेरी सी शकल है!

इक तरफ हैं दीप जले, इक तरफ चराग,
क्या रौशनी की भी हुई कुछ अदल-बदल है?

जल्दी से काढ़ सलमा, चूनर सिंगार की,
राधा का दिल भी नाचने को रहा मचल है!

❑❑❑

68. बंटवारा

आओ एक बार सोचें हमको किसने लड़वाया था,
ब्रिटिश राज ने जाते जाते बंटवारा करवाया था!

तब धोखा हो गया तो क्या, अब शक का पर्दाफाश करें
आपस के झगड़े में ना खुद अपना सत्यानाश करें!

क्यूँ विश्वासघात का खंजर यहाँ अभी भी चमक रहा है,
प्रजातंत्र खूँटी के ऊपर वहाँ अभी भी लटक रहा है।

ना आस्तीन के साँप इधर हों, ना उधर हों जलते अंगारे,
ना बहे किसी का खून यहाँ, ना बहें वहाँ आँसू के धारे!

इधर गरीबी, उधर गरीबी, दोनों ओर है बीमारी,
दिल से दिल की बात ना कर पाते, कैसी ये लाचारी!

सियासत की रोटी का क्या, कभी पकेगी कभी जलेगी,
आज़ाद हिन्द के लिए लड़े जब, वैसी इक दिन हवा चलेगी!

जो अपना घर छोड़ गया था, उसको हो उसका वतन मुबारक,
वो जहाँ रहे आबाद रहे, उसको हो उसका चमन मुबारक!

दोनों मुल्क एक साथ जिस रोज खड़े हो जाएँगे,
झुक जाएगी दुनिया, हम दुनिया से बड़े हो जाएँगे!

❑❑❑

69. जज़्बात

क्या बात करें उनसे जिनसे मिज़ाज नहीं मिलते
जज़्बात नहीं मिलते कभी अंदाज़ नहीं मिलते

इस दिल ने ना जाने क्या क्या दुनिया से छिपाया है
तुम्हें बतलाना भी चाहा पर अल्फाज़ नहीं मिलते!

किरदार भी, मजबून भी अंजाम भी मिल जाता है
कुछ मजबूर से किस्सों को आगाज़ नहीं मिलते!

बेताब है इक नगमा बहोत महफिल के लबों पर,
सुर ताल सजाने को मगर साज़ नहीं मिलते!

इंसान की ख्वाहिश है उसूलों से नावाकिफ,
जो फ़लक छूने की ठाने वो जांबाज़ नहीं मिलते!

किसी सहरा से गुजरना तुम जब रात घनेरी हो,
शहरों में तिलिस्मों के कभी राज़ नहीं मिलते!

❑❑❑

70. इश्क़

दुनिया में हैं जो इश्क के मारे कहाँ जाएं
प्यासी हों अगर झीलें, शिकारे कहाँ जाएं?

खामोश हैं बस्ती की गलियाँ और चौबारे
जिनका नहीं कोई वो बेचारे कहाँ जाएँ?

सैलाब में जब हर कोई डूबने को हो,
कश्ती कोई फिर ढूँढने, किनारे कहाँ जाएँ?

अब तो जड़े बारूद ने भी खोद लीं देखो
बच्चे लिए धूएँ के गुब्बारे कहाँ जाएँ?

बता मर्जी है क्या तेरी नीले आस्मां वाले,
अगर तू भी जगह ना दे, सितारे कहाँ जाएं?

❒❒❒

71. क्या होगा

बेखौफ हो पूरा चाँद, बेपरदा निकल आया है,
कोई तो बताये अब,
ईमान का क्या होगा?

देखे ना कभी कोई, नज़रो को ही उठा कर,
फैला है जो नीला सा,
उस आसमान का क्या होगा?

चिडियाँ ना अगर चहकें, सूरज तेरे आने पर,
सुर्ख सुबह के चेहरे की,
मुस्कान का क्या होगा?

खामोश सी इक चादर, ढक दे जो जमी को,
सुर हो ना कोई साज हो,
दिलो जान का क्या होगा?

खुशबू को तो उड़ना था, कब उसने ये सोचा,
गुलो-बुलबुल की अधूरी,
उस दास्तान का क्या होगा?

बेताब समंदर भी, महफ़ूज है साहिल से,
उमड़ा है जो इस दिल में,
उस तूफान का क्या होगा?

पूछो तो हवाओं से, क्यूं फिरती हैं आवारा,
पतवार भी, मांझी भी,
हैरान हैं; क्या होगा?

❑❑❑

72. आजकल

तुम आजकल मेरी नजर के सामने से,
गुजरते भी हो,
और गुजरते भी नहीं,
जैसे कि मेरा हाले दिल और कशमकश,
समझते भी हो,
और समझते भी नहीं!

श्भर कर निगाहों में नज़ाकत शम्मा सी
खामोश मत बैठोश,
तुम तस्सवुर में मुझे ऐसा ही कुछ,
कहते भी हो
और कहते भी नहीं!

कभी हौले से दरवाजे पे दे दस्तक
और चिलमन को हटा,
मुझसे बिना बोले ही तुम बातें बहुत
करते भी हो,
और करते भी नहीं!

इक दास्ताँ लिखती रही मैं रेत पर
कि सुनाऊँगी कभी,
तुम मेरे ख्वाबों में आ कर रातभर
सुनते भी हो,
और सुनते भी नहीं!

❑❑❑

73. बसेरा

दिन का उजाला हो,
या रातों का अंधेरा,
परिन्दें नहीं भूले कभी
वो पेड़ वो शाख, वो अपना बसेरा।

आषाढ़ का बादल है,
बिन बरसे कहाँ मानेगा,
रिमझिम भी लगेगी,
रंग भी बरसेंगे,भीगेगा चितेरा।

छोड़ें तो कहाँ छोड़ें,
ढोएं तो कहाँ तक,
कुछ तू ही बता दे,
यादों का ये लश्कर, तेरा है या मेरा?

कश्ती है भंवर में,
संभले, या ना संभले,
दुआ करना सितारो,
ये वक्त गुजर जाए, और निकले सवेरा!

❑❑❑

74. अगर

अगर किसी ने वफा की मुझसे
तो तुमने ही की होगी,
अगर किसी से वफा की तुमने
तो मुझसे से ही की होगी!

किसी और ने इतना अपना
मुझको ना समझा होगा
किसी और को इतना अपना
मैंने ना समझा होगा

किसी और ने इतना प्यार
मुझसे ना कभी किया होगा,
किसी और से इतना प्यार
मैंने ना कभी किया होगा!

किसी और का दिल तुमने
ऐसे ना कभी तोड़ा होगा
किसी और ने दिल मेरा
ऐसे ना कभी तोड़ा होगा!

अगर किसी ने दगा की मुझसे
तो तुमने ही की होगी,
अगर किसी से दगा की तुमने
तो मुझसे से ही की होगी!

❑❑❑

75. पूनम का चाँद

पूनम का चाँद हंसा रात भर, पर बिना तुम्हारे,
छत पर जा कर क्या करते?

'तारों की सौगात किसे दूँ', रही सोचती रात यही,
मन ही मन डरते डरते!

हर आहट पर लगा कि तुम हो, बेबस नैना हार गए,
सूनी राहें तकते तकते!

बहुत संभाले लेकिन फिर भी, तन्हा से जज्बात बेचारे,
मरते ना तो क्या करते?

पूनम का चाँद हंसा रात भर, पर बिना तुम्हारे,
छत पर जा कर क्या करते?

❑❑❑

76. तुम मुझे भूल जाओ

तुम मुझे भूल जाओ,
हाँ,
भूल ही जाओ!

अरे, हमेशा के लिए नहीं,
बस,
कुछ देर के लिए!

क्युंकि,
जब फिर याद करोगे,
तो अच्छा लगेगा,
तुम्हें भी,
मुझे भी ......

❑❑❑

77. इश्क़ की खुशबू

अकेली रात में
बादलों का आवारा काफिला देख
चाँदनी फिसल गयी चाँद के हाथों से!
बादलों को डाल गल बहियाँ,
मनाती इश्क की रंग रलियाँ,
अपने रुपहले रूप पर इतराती, इठलाती
झनक झनक अपनी झांझर झनकाती
खनन खननअपनी चूड़ियां खनखाती
धरती से पूछती 'कैसी लगती हूँ मैं?'
धरती बोली खिलखिला कर
'अभी तुम्हारे रूप रंग में
मेरी खुशबू की कमी है
तुम्हारे इश्क की उमंग में
एक रूह की कमी है!'

रात की खामोशी भी कितना बतियाती है,
चंद्र किरण
ओस में डूब
खुशबू के पंखों पर
कविताएँ लिखती है,
और रात भर
मेरे कानों में गुनगुनाती है....

❑❑❑

78. लालकिला किसका?

लालकिला किसका?

मेरे वतन से पूछती है
लालकिले की बुर्ज,
"हुक्म भी शाह का
सिक्का भी शाह का
तो बताओ
मेरे पत्थर के लाल रंग का,
मालिक कौन?"

कोई जवाब देने से पहले,
गौर से देखो
इस लालकिले को,
और वक्त के साथ बदलते इसके
लाल रंग को!

फिर याद करो उस लम्हे को
जिसमें दफन हो गई इसकी सारी शानो-शौकत
लुट गई इसकी इज्जत, अस्मत,सारी दौलत!

दीवाने आम और खास की वो बैठकें
वो रौनकें,
वो शायराना गजलें

वो शमा में रौशन महफ़िलें,
बहादुर शाह जफर के आँसुओं के सैलाब में
सब बह गया
फिरंगियों के आगे ये लालकिला,
बेनूर, बेआबरू रह गया!

पहले ये सब याद करो
फिर देखो इसके लाल पत्थरों को
हर पत्थर का लाल रंग सुनाएगा तुम्हें,
एक ही कहानी,
मेरे वतन की कुर्बानी .....

तुम जानते हो ना,
इस लालकिले के
लाल रंग का
एक नाम
लहू भी है,
हाँ वही लहू
जो सदियों की खामोशी में
सिसकता रहा
जो नदियों की बेबसी में
उफनता रहा
और एक दिन
वंदेमातरम का सूत्र बन
मेरे वतन की हवाओं में
सरसराने लगा,
सरफरोशी की तमन्ना बन
मेरे वतन की फिजाओं में
थरथराने लगा,
इंकलाब का यही खौलता लहू
फैलता गया
इसके हर लाल पत्थर पर

परत दर परत
जमता गया
और बदलता गया इसका लाल रंग!

अचानक तारीख के वर्क पलटे
इसके लाल पत्थरों ने सुनी
कहीं दूर से आती
'शेरे-हिन्द' की पुकार
आज़ादी के बदले
अपना खून देने वालों की ललकार!
आ रहे थे वो
कदम-कदम बढ़ाते
खुशी के गीत गाते
जोशे-वतन जगाते!
उस वक्त इसका लाल रंग
हो गया और भी लाल,
सुर्ख लाल!

आज इस लालकिले का लाल रंग
देख रहा है
मेरे वतन का एक नया आगाज़
सुन रहा है
मेरे वतन की एक नई आवाज़!

शीशगंज गुरुद्वारे से आती
गुरुवाणी के बखान में,
जामामस्जिद से उभरती
दुआओं से भरी अजान में,
सेंट मेरी चर्च की शान्त प्रार्थनाओं में,
लक्ष्मी नारायण मंदिर की घंटियों में गूँजती
वेदमंत्रों की शुभकामनाओं में,
इस आगाज़ की आवाज़ साफ सुनाई देती है!

ओ लालकिले की बुर्ज,
मेरे वतन की यही आवाज़
तेरे सवाल का जवाब है!
तू किसी शाह के हुक्म
या सिक्के से बनी,
कोई इमारत नहीं
तू इस मुल्क की आज़ादी का दस्तावेज है
इसके आवाम की नई दास्तान है,
सर उठा,
अपनी पेशानी पर शान से लहराते
इस तिरंगे को देख,
आसमान को चूमता
मेरे वतन का यह परचम
आज तेरा मालिक है,
तेरे वजूद को देता नई पहचान है!

तू पूरे भारतवर्ष का ललाट ललित ललाम है
इस राष्ट्र का शौर्य और पराक्रम,
करता तुझे सलाम है!

❑❑❑

79. दुर्भाग्य

(कोविड काल पर)

कितना दुःखद होता था
हर फिल्म में वह एक दृष्य–
सिरहाने धरा
बुझ बुझ कर जलता दिया,
आखिरी साँस लेती माँ,
बेबस, बेचैन
अपने उस पति को देखने के लिए
जो जेल की सलाखों के पीछे
काट रहा होता था
किसी और के जुर्म की सजा ....

उस अभागी माँ के हाथ थामे
फूट फूट कर रोता
10–11 साल का एक नादान बालक
जिसे वह अपनी लड़खड़ाती आवाज़ में बताती
उस जुर्म के आरोप के पीछे छिपा
कोई गहरा राज!

कितनी लाचार लगती थी
वह मौत,
कितनी दुर्भाग्यपूर्ण!

आज लगता है,
कितनी सौभाग्यशालिनी थी
वह माँ!
जब वह
अंतिम सांसें गिन रही थी,
उसका हाथ थामे,
उसका लाडला बेटा
समीप तो था उसकी क्षीण काया के...

कभी सोचा ही ना था
कि एक दिन जब जिदगी इतनी संपन्न हो जाएगी,
तब इतनी कठिन हो जाएगी मृत्यु!

दुर्भाग्य तो यह है
कि हॉस्पिटल में वेंटिलेटर की टिक टिक के बीच
बेदर्द कोरोना से ग्रस्त
अकेले बेसुध पड़े मरीज की देह
अपनी सारी लीला समेट
पहुँच जाती है
विद्युत शव दाह केन्द्र की प्रतीक्षा पंक्ति में!

विदेश में बसे प्रियजनों की तरसती आँखों को
अंतिम दर्शन तक दुश्वार हो जाते हैं,
उसी तरह
जैसे थे
उस कैदी पति को
जो भोग रहा था
किसी दूसरे के जुर्म की सजा .....

नहीं कांपती
कहीं किसी दिए की लौ,
और हाथ थाम कर
बेटे का फूट फूट कर रोने वाला सीन तो डिलीट ही हो चुका है....

मन बार बार प्रश्न करता है
'किसके जुर्म की सजा भोग रहे हैं हम?'

❑❑❑

80 इंतजार तो करना होगा!

जब तक वो दिन लौट के आएं
कुछ नया सुनें, कुछ नया सुनाएं
तब तक महफिल की शम्मा को
इंतजार तो करना होगा!

होंगे जब हम सभी सयाने,
मुमकिन होगा कब ना जाने,
इस दहरी पर ठहरी आशा को
इंतजार तो करना होगा!

वक्त का पहिया फिर से घूमे
फिर खुशियों से दुनिया झूमे,
कहती हैं कलियाँ अनार की,
इंतजार तो करना होगा!

❑❑❑

81. तुमने कहा था

कल तुम्हारा फोन आने के बाद सोचा
आज की रात सोऊँगी नहीं,
करूँगी इंतजार कल का,
तुमसे मिलने के उस पल का
जिसका वादा किया है तुमने
इतने सालों बाद!

वैसे 'आँधी' में तो
नौ बरस ही बहुत लम्बे माने गए थे,
यहाँ तो बीत गये थे पूरे
पचास बरस!
इतने बरसों में तो
रूहें भी बदल लेती हैं लिबास!

हो सकता है
तुम भूल जाओ अपना वादा कल,
पर मैंने तो कर लिया था इरादा
इंतजार करने का!
वादा करना, तुम्हारा हक,
इंतजार करना, मेरा हक .....
इंतजार में ही तो होता है
इम्तहान सब्र का,
और सुना है

सब्र का फल,
मीठा!

पर सुबह हुई तो जाना,
इंतजार का आइडिया
हो चुका था फेल,
ना तारे गिने,
ना पल
मैं तो सोई रही थी रात भर!
ओह, ढह गया मेरा इरादा
रात काटने का जाग कर!

सिर्फ सोई ही नहीं,
फिल्मी स्टाइल में
देखा एक ख्वाब भी!

तुम चाह रहे हो ना जानना,
क्या हुआ ख्वाब में?
वही तो हुआ,
जो ना सोचा,
ना चाहा,
क्यूंकि ख्वाब आता है जिस बेखुदी में,
उस पर क्या जोर चलता है किसी का?

अरे जानते भी हो,
'जयपुर' दिखा ख्वाब में,
जहाँ गये थे कॉलेज से ज्वनत पर!
वही गलियां,
वही नुक्कड़,
वही चौराहे,
वह किले,
वही महल,

वही पिंक सिटी की
चहल पहल!

पर, मैं भूल गई,
मिलना कहाँ था,
किसी काफी हाऊस में?
किसी किले के खंडहर में?
या किसी महल की बारादरी में?
कुछ तो बताया था तुमने,
किसी खिड़की, दरवाजे,
या शाही चौबारे की पहचान भी बताई थी!

क्या मैं गलत शहर में आ गई हूँ?
शायद तुमने कहा था,
किसी झील के उस पार?
या सागर के किनारे
तुम करोगे मेरा इंतजार!

पर इसी जनम में
या किसी अगले जनम में?
खोई रही रात भर
इसी भरम में ......

देखो,
रात, नींद, ख्वाब, जयपुर,
झील, समंदर,
यहाँ तक कि मेरा इरादा,
सब धोखेबाज निकले....
और तुम???

❐❐❐

82. मेघदूत त्रिभंगिमा

1. मेघदूत का प्रेम-संदेश

दूर कहीं रहता है
मेरा एक प्रिय सखा
किसी प्रवासी सा!

कालिदास के यक्ष से
भिन्न सा है,
मेरा प्रिय
और उस यक्षप्रिया यक्षणि से भिन्न सी हूँ मैं!

अलकापुरी के यक्ष का प्रवास
मात्र एक वर्ष का ही था
पर मेरा प्रिय
धरती के मदिर सौन्दर्य से विरक्त सागर सा है,
जल से परिपूर्ण हो कर भी
किसी निर्जला व्रतधारी कठोर तपस्वी सा है।

ना ना,
निष्ठुर नहीं है मेरा सखा,
सजल भाव भरा,
कोमल हृदय
मेघ-मल्हार के मधुर स्वर सा है वह!

हर वर्ष
आषाढ़ का शुभागमन होते ही
वह विपुल जलराशि
मेघदूत के हस्त कलश में भर कर
भेज देता है मेरे लिए
अपने प्रेम-संदेश के साथ....

उसका संदेश
मेरे हृदय कानन की कुम्हलाई हरितिमा को
कर देता है फिर से
हरा भरा
सावन-भादों की फुहारों से!

स्वयं में ध्यानमग्न
धीर गंभीर मेरे उस प्रिय का प्रवास
किसी का आदेश नहीं है,
उसकी अपनी 'इच्छा' है!

संभवतः वह प्रमाण चाहता है मुझसे,
मेरे प्रेम का
और इसी लिए उसकी इच्छा है
कि मैं प्रतीक्षा करूँ
अभी और
अभी और
अभी और....

❒❒❒

2. लौट आओ मेघदूत

ओ श्यामवर्ण मेघदूत,
कालिदास की तरह
मैंने भी एक संदेश भेजा था
तुम्हारे हाथ,
सखा के लिए!!

मुझे विश्वास है
तुमने पहुँचा दिया होगा।
तुम निपुण हो,
पारंगत हो,
संदेश पहुंचाने की कला में!
पर महाकवि ने यह नहीं सिखाया
कि प्रिय से प्रत्युत्तर
लाना भी होता है?

लौट आओ ना मेघदूत!
मैं जानना चाहती हूँ
मेरे सखा ने क्या कहा तुमसे
मेरे लिये?
सुनाया कोई हृदयस्थ छंद?
या फिर मेरे संदेश को
देख कर भी
कर दिया अनदेखा?

मैं एकटक देख रही हूँ
गगन का स्वच्छ नील-विस्तार
पंछियों का अभय-विहार ;
न जाने क्यूँ
ईर्ष्या सी हो रही है मुझे!

पूरे आकाश में भरी है
उनके पंखों की उन्मुक्त उड़ान
और मेरा मन पंछी
तुम्हारी मेघवर्ण छवि देखने के लिए
अधीर है......

तुम कहीं इधर उधर बहक तो नहीं गये?
काश तम्हें महाकवि ने दूत बना कर भेजते समय
सिखाया होता,
जब संदेश ले कर जाना,
शरद् की लौटती हवाओं के साथ
उत्तर ले कर भी आना,
तभी दूत का कर्तव्य पूर्ण होता है!

❏❏❏

3. मेरा मेघदूत

आ रहा है मेरा चिर प्रतीक्षित मेघदूत,
गूंज रही है उसके मृदंग की थाप,
मैंने सुना है उसका गंभीर स्वर,
अवश्य ही लाया है वह,
प्रियतम का कोई संदेश,
अपने श्यामल अंगवस्त्र में छिपा कर!

मेरी अलकापुरी में पहुँच,
जब उस मेघदूत ने देखा मुझे विरहणी वेश में,
प्रेमार्द्र भाव से भर
प्रिय का यह संदेश सुनाया,
'तुम्हारे लिये कह रहे हैं सजन
मत बरसाओ अब अपने नयन,
दूर नहीं वे क्षण
जब वे देंगे तुम्हें शुभ दर्शन,
मिटाएंगे तुम्हारा समस्त क्लेश!
पर एक शर्त भी रक्खी है तुम्हारे प्रिय ने,
जब मेरी नन्ही नन्ही बूँदें
नृत्य करेंगी तुम्हारे आँगन में
तुम उनकी रिमझिम में
भीगने दोगी अपने केश!'

फिर मैं भी दामिनी सी बौराई
कहाँ रुक पाई,
थिरकती फुहारों में,
प्रिय का स्पर्श पाया सुखदाई
और पावस की बूंदों ने प्यास बुझाई

❑❑❑

83. रंगयात्रा

'विप्लव'

निशा का गहन अंधकार
फन फैलाए बैठा है;
धरती की चेतना
उलझी हुई है
घनघोर काली बदरिया की अलकों में;
रह रह कर कौंधती चपला की चकाचौंध से सहमी आँखें,
आश्रय ढूंढ रही हैं,अपनी ही पलकों में!

बरसने को आतुर,
रिमझिम की झरी
अब विकट प्रभंजन रूप धारण कर चुकी है!
जलथल को उद्वेलित करते
ऐसे दारुण विप्लव में,
दिग्दिगंत की भयावह गर्जना को चीरता,

एक संगीतमय आमंत्रण,
मेरे हृदय द्वार को, थपथपा रहा है,
धीमे धीमे .....

सो पाने के सभी प्रयास विफल रहे हैं,
और मैं, मानो किसी अर्ध स्वप्नावस्था में
चलती चली जा रही हूँ!

कहाँ जाना है,
क्यूँ जाना है,
किसके पास जाना है
नहीं जानती,
बस जानती हूँ केवल इतना
कि मुझे जाना है अभी दूर,
बहुत दूर!

तिमिरान्कित दिशाएं,
अंधकार में लीन होते
पर्वत, वृक्ष और प्रकृति के सभी प्रतीक,
साक्षी हैं,
मेरी इस विचित्र रंग-यात्रा के!

ना कोई राह दीख पड़ती है, ना कोई पगडंडी,
यहाँ तक की हाथ को हाथ सुझाई नहीं दे रहा
और वहां देर होती जा रही है....

ऐसे में किसका सहारा लूं?

मेघाच्छादित नभ में
कहीं पूर्णिमा का वह चाँद भी तो नजर नहीं आ रहा,
जिसे आज आना था;
उसे मेघों ने अनावृत ना करने की

शपथ जो उठा रक्खी है!

यदाकदा झलकते सितारे भी,
अपना स्थान बदलते,
स्वयं ही भटक रहे हैं,
वे क्या राह सुझा पाएंगे मुझे!

बचा एक, ध्रुव तारा,
वह यदि कहीं दिख भी जाए
तो भी मेरी विभ्रम मे फंसे मन को
दिशाज्ञान कैसे दे पाएगा?

इस अनदेखी, अनजानी राह पर,
पता नहीं मेरे पाँव अपने आप ही
कैसे रास्ता खोज रहे हैं?

हाँ, एक ओर,
मेरे साथ साथ बहती
किसी अदृश्य नदी की कलकल ध्वनि है,
जो अवश्य ही मेरे गंतव्य को जानती है
और मुझे उसका बोध भी करा रही है,
और दूसरी ओर है
एक अटूट, आग्रह भरा स्वर,
जो कर्ण कोमल होते हुए भी
किसी शब्द भेदी बाण सा
सीधा मेरे हृदय को भेद रहा है....

ऐसा लगता है,
जैसे वहां,
मेरे जन्मजन्मान्तर का कोई अभिन्न सखा है,
हठी भी, और छलिया भी.....
कभी लगता है कि यहीं तो है वो,

बिल्कुल समीप,
बस हाथ बढ़ा थाम लूंगी उसका हाथ,
पर अगले ही पल,
आकाश की सीमाओं से भी दूर प्रतीत होता है....

सुनो मेरे अनुरागी सखा,
मैं भले ही तुम्हें नहीं जानती
पर तुम तो मुझे जानते हो;
मैं कभी हार ना मानने वाली,
अपराजिता हूँ तुम्हारी!
कैसे भी जतन करके
पहुँच ही जाऊँगी तुम तक .....
जीवित!

मेरा भय किसी वस्तु विशेष से नहीं है,
मुझे तो बस केवल यही भय है
कि कहीं तुम्हारा यह आमंत्रण-संगीत ही
मेरी श्रवण परिधी से दूर ना हो जाए,
और इस विकंपित-विप्लव-महाप्रलाप में,
मैं कहीं खो ना बैठूं
अपने इस मंत्र-मुग्ध करते,
स्वर-सखा को!

❑❑❑

'भावोत्कर्ष'

प्राणों को आक्रान्त करता
आवेश और आवेग का वह गर्जन
सहसा थम गया,
साथ ही साथ वह सम्मोहक स्वरालाप भी
शून्य में कहीं विलुप्त हो गया!

ओह, वही हुआ ना जिसका भय था....
स्वप्न भंग,
मोह भंग,
रस भंग,
सब खंड खंड!
एक खंडिता नायिका सी
मेरी बोझिल पलकें
अपने ही अंतर्विरोध से
परास्त हो चुकी थीं,
इससे पहले कि मेरी अधखुली आंखें
निशा के अंतिम प्रहर में
अपने निर्मूल अस्तित्व को
खोज पातीं,
एक अद्‌भुत प्रकाश ने
मुझे चारों ओर से घेर लिया!
सूक्ष्मतर होता वह प्रकाश
मेरे धैर्यहीन श्वासों में

समाहित होता जा रहा था,
या संभवतः,
मुझे अपने आप में समाहित करता जा रहा था!

सहसा एक मधुर स्वर सुनाई दिया
'सखी, यदि अधीरा बनोगी,
तो अपराजिता कैसे बनोगी?
तनिक अपना धैर्य संभालो,
मैं तुम्हारी मनोकामना पूर्ण करने
आ ही रहा हूँ ...!'

मेरी मानस हंसिनी की थाली में
अनगिनित मुक्ताहल बरस रहे थे
हृदय उमगत लहरों का क्रीड़ास्थल बन चुका था,

तभी लगा
किसी ने थाम लिया हो मेरा हाथ,
गगन के नीलाभ पटल पर
दो करुणामयी आंखों ने
अपनी पलकें खोल दीं ....
और आँखें तो बहुत कुछ कह देती हैं!
मैं हतप्रभ सी,
सुनती रही उनकी मनमोहिनी भाषा,
'सखी,
तुम्हारी इच्छा पूर्ण करने
लो मैं आ गया हूं
अब ये पल तुम्हारे हैं!
संपूर्ण सृष्टि में
मैं ऐसे पल सबको देता हूँ
पर कोई जानता ही नहीं
कि इनका करना क्या है!

तुम सबकी मनोकामना की पूर्ति ही तो
मेरी सृष्टि का प्रयोजन है,
फिर यह भय क्यूँ?
देखो, मैंने थाम रक्खा है तुम्हारा हाथ,
अब तुम ही मत छुड़ा लेना!'

आकाश में सर्वत्र व्याप्त वायु की तरह,
मेरे रोम रोम में व्याप्त था
तुम्हारा भावोत्कर्षक स्पर्श ....

सुन पा रही थी
मधुर श्रुतियों से सजा
तुम्हारा वही
संगीतमय स्वर,
निरंतर ....

अब कोई भय नहीँ,
ना किसी गर्जन का
ना किसी चपला का
ना जल थल एक करते किसी विप्लव का ...

समय की रंगयात्रा का
कैसा रोमांचक दृश्य है यह
इसमें हम सभी पात्र हैं,
दर्शक कोई नहीं!

❑❑❑

84. प्राणवल्लरी

एक नव विकसित वल्लरी,
अलसाई आँखों से देख़ रही थी आकाश को!
'क्या आकाश कोई दर्पण है?
यदि है, तो उसमें वह स्वयं को देख क्यूँ नहीं पाती?
आकाश किस आनंद,
किस आह्लाद से है परिपूर्ण?
क्यूँ मुस्कुरा कर,
देखता रहता है प्रकृति को,
फलते फूलते,
नित नये परिवेश में होते संपूर्ण!
क्या आकाश कोई प्रेम पुरुष है,
और प्रकृति उसकी प्रेमिका?'

आकाश
विराट अस्तित्व का स्वामी
ऐश्वर्य और वैभव से भरपूर,
और वह
केवल एक वल्लरी,
धूमिल माटी के अंक में,
अपने हिस्से की नाममात्र धरती के अंश में,
सिमट कर जीने को मजबूर!

वह आश्चर्यचकित हो देखती चहुँ ओर,
कभी उस आकाश में चमकते तारे,
और उनके बीच
चंदा चितचोर,
तो कभी
सूर्य आगमन से पूर्व,
दिशाओं को स्नान कराती
उल्लासमयी भोर!

'क्या मैं भी कभी छू पाऊँगी
उस आकाश के रोमांच को?'

या फिर वनश्री के विधान में
सब पूर्व निश्चित है?
पथ भी,
लक्ष्य भी,
नियति भी?

अपना अभीष्ट कुछ भी नहीं है क्या?

क्या केवल जीवित रहना ही है
जीवन का कृत्य?
तो फिर मिला ही क्यूँ
यह जीवन,
यह मृत्य?

आखिर मैं हूँ कौन?
किस लिए
किसके लिए
क्या मैं यूँ ही भटकती रहूँगी
गुमनाम सी
अपने आप से ही
अनजान सी?
कोई भी रौंद डालेगा मुझे पैरों तले
यहाँ कौन है जो मुझे संभाल कर
लगा ले गले?

कौन करेगा मेरी कोमलता की परवाह
कौन सुनेगा मेरी मासूमियत की कराह?

मैं नव लतिका सी
अनिभिज्ञ, अबोध,
ना मेरे लिए कोई रुकता
ना कोई मुझे कुछ समझाता
फिर भी
जो मिला
जो समझ पाई
उतने का ही आभार विधाता!'

यह सोचते सोचते,
अपने दोनों लघु पल्लवित हाथ
उठा दिए वल्लरी ने ऊपर

आकाश की ओर,
उसका विधाता तो वही था ना.....

अरे यह कैसा स्पर्श?

क्या किसी ने छुआ उसकी हथेलियों को?
या केवल भ्रम था कोई?
पलकें खोलीं तो देखा
ऊपर से झुकी चली आ रही
अनेकों भुजाएँ
हवा में झूमती रह रह कर,
उसकी पलकें छूने को आतुर!
'क्या आकाश ने मेरी ओर बाहें फैलाई हैं?
क्या मेरी चाह जान,
मेरे ऊपर उठने की
राहें बनाई हैं?'

तभी सुना उसने
गूंजता सा,
एक गीत
'सुनो वल्लरी!
मैं वट-वृक्ष,
बनना चाहता हूँ
तुम्हारा मीत!
देखो मेरी प्रीत की डोरी
इन शाखाओं से झूल रही है,
तुम्हारे चारों ओर
लचक लचक कर,
आओ, थाम लो इन्हें कसकर!'

वल्लरी हत्प्रभ सी सोच रही
'यह क्या है जो वट ने कही?
प्रीत की डोरी?
यह नया सा क्या आभास?
क्या इसी से भरा है नीला आकाश?
क्या प्रीत के झरने से झरते सभी रंग हैं?
क्या इसी को कहते उमंग हैं?
अब मैं क्या सोचूं
क्या ना सोचूं?
क्या समझूँ,
क्या ना समझूँ?
इस सोचने समझने में
कहीं प्रीत की यह डोर ही ना टूट जाए,
कहीं सखा का हाथ ही ना छूट जाए .....'

अब वल्लरी
ऊपर, और ऊपर चढ़ने लगी,
वट की बाहों को सुशोभित करती,
कभी उनमें उलझती,
कभी उन्हें उलझाती,
कभी उनके झूले में झूलती
कभी अपने आप को यूँ ऊपर उठते देख इठलाती, इतराती!

और एक दिन फूलों से लद गई वह वल्लरी!

उसके आस पास चहचहाने लगी
पंछियों की टोली,
गुनगुन करते भंवरे
करने लगे उसकी कलियों से ठिठोली,
तितलियाँ भरमाई सी
मंडराती थीं उस पर,
हवा खुशबू चुराने
उड़ उड़ आती थी उस पर!

पर चाह का अंत कहाँ?
इतना अपरिमित गंध, रूप, लावण्य
पा कर भी,
धूल भरी धरती को छोड़
इतना ऊपर आ कर भी,
वह सोचती,
कि छूना तो आकाश था,
उससे तो अब भी दूरी थी,
यह कैसी मजबूरी थी!
बेचारी अधीर वल्लरी,
जागे तो चैन नहीं,
सोए तो कैसे?

अचानक एक दिन
छाई घटाएँ घनघोर
तूफान है आने को,
मचा था शोर,
झंझा में टूट टूट
गिरती शाखाओं को देख कर,
जब सूझा ना कुछ
तो अनायास
वट वक्ष से
लिपट गई वल्लरी
सहम कर!

तभी सुना एक गीत,
किसी हृदय की धड़कन सा,
पर वह जान नहीं पाई,
कौन है,
समीप हो कर भी रहता
क्या कोई मौन है?

यह कौन अपरिचित है
या फिर चिरपरिचित है?
कौन यह अनजाना है,
या फिर कोई जाना पहचाना है?

वह अपने प्रफुल्लित रूप रंग में,
आकाश छूने की उमंग में,
भूल गई थी किसी को क्या?

तभी बादलों से घिरे आकाश में
बिजली कौंधी,
और सहसा उसे याद आया,
यह तो उसी गीत का स्वर था
जो उसके लिए
कभी वट वृक्ष ने था गाया,
और अपनी प्रीत की डोरी के सहारे
उसे ऊपर खींच लाया!

'आह, तपस्वी वट,
मेरे प्रथम मीत,
तुम्हारे हृदय की तरंगों में
आज भी मेरे लिए,
धड़क रहा है वही गीत,
जिसे मैं भूल गई,
हाए, मैं इतनी निष्ठुर,
इतनी निर्दयी कैसे हो गई!

ओह, यह क्या,
मैंने तो देखा ही नहीं
समय ने तुम्हारी देह को कर दिया है
कितना कठोर,
आओ, मैं ढक दूँ इसे

अपनी सहज कोमलता से,
सहला दूँ इसे
अपने नेह की स्निगधता से!
अब आकाश छूने की कोई चाह नहीं मेरे मन में,
कह दो आकाश से,
जो छूना मुझे चाहे
तो उतर अपने नीलमणी सिंहासन से नीचे
वह स्वयं आए!

वट बोला मुस्कुरा कर
झंझा में उलझी
उसकी अलकें सुलझा कर,
'निश्चिंत रहो प्रिय वल्लरी,
गुजर गया है वह प्रलयंकारी विभंजन
लग गई है अब वर्षा की झरी!
तुम अभी स्वयं को जानती ही कहाँ हो?
तुम केवल एक लता मात्र नहीं,
तुम तो हो प्रकृति का अमृत!
इन रिमझिम बरसती बूंदों में भीग,
तुम्हारी यह हरितिमा
प्राण संजीवन औषधि बनती जा रही है,
अपने स्पर्श से
मेरे शुष्क हृदय को
परितृप्त करती जा रही है!

यह सच है कि मैं आकाश नहीं,
पर आकाश के प्रखर प्रकाश को धारे
सदा रहता हूँ
समीप तुम्हारे,

और जिस आकाश की तुम करती हो साधना,
वह अंतरिक्ष द्रष्टा संपूर्ण सृष्टि का आराध्य है!

प्रेम का साक्ष्य है
प्रेम से ही साध्य है।

वह देखो,
अपने हाथों में थामे
इन्द्रधनुष के छोर
हमारे प्रेमालिंगन पर,
बरसाता रंगों के आनंद बाण
हमें करता विभोर
वह नीलाकाश
झुक आया है आज स्वयं
हमारी ओर!

आओ, वल्लरी,
उसके स्वागत में
प्रीत का यह गीत
मेरे साथ
आज तुम भी
गुनगुनाओ, वल्लरी!'

❐❐❐

85. मृगया

कभी कभी,
अरावली की वन्य पहाड़ियों से उतर,
कुछ मृग
भटकते भटकते आजाते हैं
दिल्ली महानगर के कंकरीट जंगल में!

अपनी मनमोहक चितवन
और बड़ी बड़ी आंखों में
एक छोटा सा प्रश्न लिए
'यह मेरे निवास की भूमि पर
आप कौन?'

तब याद आता है हमें
अनायास ही,
कभी हम भी तो आए थे यहाँ
भटकते भटकते,
और इस वन-वैभव से आह्लादित
रमणीय सुवासित धरती को
समझ लिया था अपना,
केवल अपना!

हम बनाते गए
हमारे विश्राम के
सुख संधान के
भोग विलास के साधन!
खड़े करते गए
गगनचुम्बी आवास, निवास, इत्यादी!

अपनी मृगतृष्णा को
राम का स्वर्णिम हिरण समझ
भागते रहे उसके पीछे पीछे,
मृगया की माया में भ्रमित हो
निकल गए कहीं दूर तक!

जान ही ना पाए
कि हम आखेट कर रहे हैं
किसी मृग का नहीं,
वरन् अपनी ही आराध्या,
धरती-सुता सीता का
अपनी वनदेवी के
उन सुवासित पुष्पालंकरणो का,
जो हमारे जीवन की 'वास हैं,
उसकी पंचवटी में गुनगुनाती
उन कलरव ध्वनियों का
जो हमारी श्रुतियों का संगीत रहस्य हैं,
उसके कमनीय हाथों से सिंचित
धरती की उस हरितिमा का,
जिसकी हमें रक्षा करनी है!

श्री विहिना हो
परित्यक्ता सी धरती
होती गई बंजर, बेजान
और हम जल थल नभ में प्रवाहित

उसकी प्राणदायी कोमलता का भी
रख ना पाए मान!

इतना तो जानते हैं ये मृग
किसी भी प्रकार का न्याय मांगने का
कोई अधिकार नहीं है उनका!
हम जैसे अनजान निवासियों की निष्ठुरता देख
मायूस हो लौट जाएँगे
किसी सुदूर वन की ओर....

कभी सोचा आपने,
एक दिन वह अवश्य ही पूछेंगे,
'अब हम कहाँ लौटें?
सब जगह तो आप हैं!'

संभवतः तब देख पाएंगे हम,
कि बस,
हम ही रह गए हैं
पूरी धरती पर,
अकेले,
और कानों में
भाएं भाएं करती
जहरीली हवा......

तब क्या हमारे पाँव तले से धरती,
खिसक ना जाएगी?

❑❑❑

86. जननी

आज
प्रकृति और मानव के बीच
मचा है एक घमासान
अस्तित्व का
स्वामित्व का
दायित्व का

प्रकृति की कोमल काया को करता त्रस्त
मानव निरंकुश, मदमस्त
अपनी उच्छृंखलता में यही भूल गया
कि प्रकृति
जो लगती है निरीह
रहती है मौन,
उसी के पास है
यह चयन करने का अधिकार
कि बचेगा कौन!

मातृरूपा प्रकृति
व्यथित है

मानव की संहारक प्रवृत्ति से,
उद्वेलित है
उसकी घातक मनोवृत्ति से

जब धुएँ और दुर्गंध से भर जाती है उसकी प्राण दायनि वायु
वह तड़प उठती है,
साँस लेने के लिए
महानगरों की चौंधयाती रौशनी से
सहम जाती है
उसकी चाँदनी में लिपटी भोली रजनी!

जब मानव की लोलुपता
उजाड़ती है उसकी वन संपदा
वह चीत्कार कर उठती है
चिल्ला चिल्ला कर कहती है उसे,
'रुक जा मनु,
संभल संभल
यह तू मेरा नहीं
स्वयं अपना विनाश कर रहा है!'

जब मानव का अहंकार
परमाणु विस्फोट बन
दहलाता है धरती को,
वह अपने कंपित स्वर से पुकारती है,
'ये क्या किया मनु?
तू अमृत की खोज में निकला था,
अपने ही सर्वनाश का
यह मार्ग क्यूँ ढूँढ निकाला?
अभी तो उसीके जख्म नहीं भरे थे
और तूने जीवाणुओं में
यह कैसा विष घोल दिया है
हर ओर एक नया हाहाकार सुनाई दे रहा है

ऐसा क्या चाहिए तुझे
जो प्रेम की मधुर झंकार से नहीं
इस जैविक युद्ध की भीषण क्रूरता से प्राप्त होगा
तेरे इन आत्मघाती कुकर्मों को
रोकूँ तो कैसे
किससे कहूँ
अपना दर्द
अपना संताप?

मैने इतने प्यार से तेरा
भरण पोषण किया
इतने जतन से तुझे नित्य संवारा
कैसे हो गया है तू इतना निष्ठुर?
क्यूँ अनदेखे कर मेरे संकेत
ध्वस्त कर मेरा ममतामय निकेत
कर रहा है निर्मम अट्टहास
क्यूँ बन गया है स्वयं ही
काल का ग्रास?
मैं कैसे जगाऊँ तेरी सोई चेतना
कैसे लौटा कर लाऊं तेरी खोई संवेदना?'

सोचती है प्रकृति
कि क्या उसने मानव नहीं
किसी पिशाच को जन्म दिया था?
अंततः निराश हो
उसने भी ले लिया
निर्णय अटल
वह अब और नहीं सहेगी
उसके निरंकुश प्रहारों को
उसके वीभत्स अत्याचारों को
इसलिए एक दिन
उसने स्वयं ही कर दी

उस बर्बर मानव की
विलुप्ति,
पा ली
एक अभिशाप से मुक्ति!

प्रकृति ने पुनः आरम्भ किया
अपने क्षत विक्षत स्वरूप को
संवारना सजाना,
धानी चूनर ओढ़े
अपनी सोंधी सुगंध से
पवन के झकोरों को महकाना,
उनके जादुई हिंडोले में
हौले हौले,
अधखिली कलियों को झुलाना,
अपनी नीलाभ झीलों में
भोर की सुनहरी किरणों से
कमल की पंखुड़ियां खिलाना,
सान्ध्य सुन्दरी के घुंघराले केशों में
तारों के टिमटिमाते दीप सजाना,
दबे पाँव आती विभावरी के गहरे नीले रंग मे
डूबते आसमान के मस्तक पर टिकी
चाँद की बिंदिया के नित नये आकार को
रात भर निहारते हुए
नई नई धुनें गुनगुनाना...

बना लिए
उसने पंछियों के चहचहाने के लिए
हरितिमा युक्त उपवन,
जीव जन्तुओं के विहार करने के लिए
भयमुक्त वन,
अपने शुभ्र हिम शिखरों को
बाँहे पसारने के लिए

हीरक सी नीलिमा भरा स्वचछंद गगन!

फिर भी वह सर्व सौन्दर्य मंडिता प्रकृति
क्षुब्ध है,
उसे याद आ रही है
मानव की,
अपने लाडले मनु की!

अपनी बाल्यावस्था में
वह कितनी मासूमियत से उसे निहारता था
उसके रहस्य
समझने का यत्न करता था!

जब युवा हुआ,
उसके सौन्दर्य से आकर्षित हो
रचता था
मधुर छंद और गीत,
लिखता था
सुन्दर लेख और कथाएँ
देता था उसकी संरचना को अर्थ
करता था उसे परिपूर्ण,
और खोजता था उसके कण कण में
ईश्वर का दिव्य प्रतिबिम्ब ....

कितनी ही बार
वह भूली भूली सी
ढूँढती भी है उसे,
हिमाद्रि की गहन गुफाओं में
कंदराओं में,
लहराती नीली झीलों में
वीरान रेतीले टीलों में!

उसकी गन्ध पाने को व्याकुल हो
भटकती है
लहराते पवन झकोरो में
श्मनु, मनु
मेरे नटखट, अबोध मनु,
कहाँ चले गये?
कहाँ खो गए?'

निरूत्तर ही रहती है उसकी पुकार
वह पथराई आँखों से
सिन्धु तट पर खड़ी
देखती रहती है
क्षितिज के पार ....
बाट जोहती है
उस नौका की
जिसमें कहीं से लौट कर आएगा,
उसका मनु भी....

पर नहीं,
उसने स्वयं ही विलुप्त किया था
अपने मनु को!
उसके लिए अकेले ही रोना होगा उसे,
जैसे रोती है कोई वात्सल्यमयी जननी,
अपनी युवा संतति के
अकाल देहावसान पर .....

एक दिन
वह पुनः प्रयास करेगी!
शान्त हो
पूर्ण निष्ठा से
तपस्विनी बन
पृथ्वी, जल,अग्नि

वायु और आकाश का
अपने प्रेम पूरित हाथों में करेगी संचयन
धीरे धीरे देगी आकृति
एक नवल मानव प्रतिमूर्ति को!

आवाह्न करेगी अपने हृदयेश्वर
महादेव के लास्यस्वरूप का
अपने नवोदित सौन्दर्य से
करेगी उन्हें मुग्ध!

जब उभरेंगे कृपासिन्धु गौरी शंकर के
नीलकंठ से
मृत्युन्जयी सृजन स्वर
वह मांगेगी उस मानव प्रतिमूर्ति में
प्राण-प्रतिष्ठा का वरदान!
आचमन कराएगी उसे
अपने इष्टदेव की जटाओं से झरते
गंगाजल का,
भरेगी उसके अंतःकरण में
मानसरोवर की समस्त करुणा,
बनाएगी उसे
स्निग्ध, सरल, सजल!

इस बार कोई भी उपक्रम
वह शेष नहीं छोड़ेगी!

संभवतः उस उज्ज्वल मानव दर्पण में
देख पाएगी वह
अपने प्रेम का प्रतिबिम्ब
बिल्कुल वैसा ही
जैसे दिखता है किसी जननी को
अपने नवजात शिशु की आँखों में!

❑❑❑

87. हम दृष्टिहीन नहीं हैं

(महाभारत के प्रश्नचिन्ह)

बीते युग के हस्ताक्षर
ये सर्द खंडहर
भग्न इच्छाएँ
भग्न आकृतियाँ
भग्न आशाएँ
भग्न संस्कृतियाँ
भग्न प्राचीरें
भग्न सोपानों के ये पत्थर
बीते युग के हस्ताक्षर
ये सर्द खंडहर

धृतराष्ट्र

सच कहो राजन्,
तुम दृष्टिहीन नहीं थे ना?
दृष्टि होने पर
जो कुछ भी दिखता है
वह सब
तुम्हें भी दिखता था ना?

अपनी संतान के राज्याभिषेक का उत्सव
जैसा दिखता है
हर सम्राट को,
बिल्कुल वैसा ही
तुम्हें भी दिखता था ना?
निस्संदेह, तुम्हारा प्रिय पुत्र दुर्योधन ही जन्मा था
अपनी वंशावली का
गौरवमय भविष्य रचने के लिए!

इतिहास उसे उद्दंड तथा अहंकार से ओत प्रोत कह सकता है
क्यूंकि राजमुकुट धारण करने योग्य शीष पर
दोषारोपण होना स्वाभाविक ही है
पर किसी युवराज की महत्वाकांक्षाओं को संयमित करना
उसके स्वाभिमान को अपमानित करना,
क्या तुम्हारे राजत्व को शोभा देता?

तुम हस्तिनापुर के उस सिंहासन पर विराजमान थे
जिसे पांडु ने स्वेच्छा से त्याग दिया था।
इसलिए राज-धर्म के अनुसार,
उसके पुत्र
राज्य के अधिकारी कभी थे ही नहीं!
ऐसी कौनसी योग्यता थी उनमें
जिसके लिए राज-धर्म से अन्याय किया जाता?

तुम इतना तो निश्चित रूप से देख सकते थे
कि किसी भी सम्राट के लिए
राज धर्म का निर्वाह करना ही
उसका एकमात्र उत्तरदायित्व होता है!
क्यूंकि,
राज-धर्म,
शासन का मूल मंत्र है
शासक का नीति तंत्र है!

भले ही धर्म स्वयं
क्षत विक्षत क्यूँ ना हो जाए,
उसकी परिभाषा ही खंड खंड क्यूँ ना हो जाए,
राज-धर्म का निरादर
युग कैसे वहन कर सकता है?
तुम्हारी राजसी हठधर्मिता को
इसके अतिरिक्त
कुछ अन्य देखने की आवश्यकता ही कहाँ थी?
इसलिए,
दृष्टि होने अथवा ना होने का तो प्रश्न ही नहीं!

गांधारी

माता गान्धारी
तुमने अपनी आँखों पर पट्टी बाँध ली
तो क्या हुआ?
संसार में ऐसी कौनसी माँ है
जिसकी आँखों पर
पुत्र-मोह की पट्टी ना बंधी हो?
मातृ हृदय
पुत्र-दोष कभी स्वीकार कर पाया क्या?

तुम्हारे प्रिय पुत्र दुर्योधन ने
वंश-वधु द्रौपदी पर
इंद्रप्रस्थ के 'माया-महल 'में
अपशब्दों से प्रहार करने का
आरोप लगाया
और तुमने मान लिया!
तुम स्वयं उस घटना की साक्षी नहीं थीं
पर उस आरोप को
बिना किसी प्रमाणिकता के
स्वीकार कर लेना

तुम्हारे मातृत्व का साक्ष्य अवश्य है!

जब पूरा महल
एक स्त्री के भयाकुल आर्तनाद से थरथरा रहा था,
तुम यदि चाहतीं
राज सिंहासन की मर्यादा भंग करने के अपराध में,
अपने पुत्र को
स्वयं दंडित कर सकतीं थीं
उसे युवराज पद से वंचित कर सकतीं थीं।

उस समय तुम किसी राजाज्ञा की प्रतीक्षा कर रहीं थीं क्या?
तुमने अपने पुत्र को वज्र शरीर देते समय
किसी राजाज्ञा की प्रतीक्षा नहीं की,
कृष्ण को श्राप देते समय
किसी राजाज्ञा की प्रतीक्षा नहीं की,
पर जब एक प्रताड़ित स्त्री का क्रन्दन
हस्तिनापुर की साम्राज्ञी के हस्तक्षेप की प्रतीक्षा कर रहा था,
तुम किस राजाज्ञा की प्रतीक्षा कर रहीं थीं?

जब तुम्हारे भीतर की साम्राज्ञी और माँ
दोनों आमने सामने थीं
तब मौन रह
मातृत्व के आवरण से
अपनी दृष्टि को ढक लेना
कितना सहज और स्वाभाविक
विकल्प था ना?

तुम्हारा वह मौन
युद्ध के रक्त रंजित पृष्ठ रचने का निमित्त कैसे हो सकता है?
इतिहास की दृष्टि में
तुमने कितनी चतुराई से वह निमित्त
पांचाली को बना दिया

उस द्यूतगृह के भीतर हो रहे द्यूत से भी
बड़ा द्यूत
क्या तुम नहीं खेल रहीं थीं गांधारी,
बाहर रह कर ...

अपनी सिद्धहस्त वाणी से
कृष्ण को श्राप देने वाली
हस्तिनापुर की साम्राज्ञी,
क्या उस युग-निर्णायक क्षण में तुम्हारा मौन
दृष्टिहीनता का वह बिन्दु नहीं
जहाँ स्त्री स्वयं
अपनी ही हार का कारण बन जाती है,
हर युग में ......

भीष्म

गंगापुत्र भीष्म,
तुम्हारा उत्तरदायित्व व निष्ठा
केवल हस्तिनापुर के राज सिंहासन के प्रति थी!
उस कर्तव्य पालन में तुम
लेशमात्र भी नहीं चूके!

विमाता सत्यवती की वंशावली हेतु
हस्तिनापुर के युवराज होते हुए भी
तुमने राजसिंहासन त्यागा,
आजीवन अविवाहित रहने की
कठोर प्रतिज्ञा भी कर ली,
और शीष पर धारण कर लिया
राज मुकुट के स्थान पर
अपनी इस भीष्म-प्रतिज्ञा का अहंकार!

पता नहीं इतिहास क्यूँ स्वीकार नहीं कर पाता
कि तुम्हारा राजनैतिक चातुर्य
केवल सिंहासन के उच्च लक्ष्य को समर्पित था!
तुम जैसे यशस्वी वीर योद्धा से
अपनी कलवधु द्रौपदी को संरक्षण देने की आशा
की ही कैसे जा सकती थी?
यह तम्हारे शौर्य-पराक्रम का अपमान नहीं होता क्या?
उस राजसी उन्माद में हो रहे
मर्यादाओं के पतन के समय भी
तुम सिंहासन के अतिरिक्त
कुछ और देख ही कैसे सकते थे?

संभवतः इसी कारण
तुम्हारी यह निष्ठा
कब एक दुराग्रह में परिणित हो गई
तुम देख ही नहीं पाए!
अब यदि इच्छा मृत्यु का वरदान होते हुए भी
तुम्हें अपने प्राणों की बलि देनी पड़ी
तो आश्चर्य कैसा?

द्रोणाचार्य

गुरु द्रोण,
अपने जीवन की
विसंगतियों का परिमार्जन करने की धुन में
महत्वाकांक्षाओं की वेदी पर
तुम्हारे विवेक ने
अपनी आहुति स्वयं ही दे दी थी!
ब्राह्मण पुत्र होते हुए भी,
अपने पुत्र अश्वत्थामा को
राजसी सुख और वैभव देने का मोह
तुम्हारे जीवन का लक्ष्य बन गया!

कितना सरल गणित था तुम्हारा,
पांचाल नरेश द्रुपद को पराजित करने के लिए
अपनी युद्ध-विद्या के कौशल से
अर्जुन को माध्यम बनाना
और अपने पुत्र अश्वत्थामा को
राजत्व अधिकार देने की लालसा पूर्ण करना!
पर महाभारत युद्ध की निर्णायक स्थिति में
तुम अर्जुन का ही साथ देने से पीछे हट गये!

गुरु द्रोण!
तुम्हें शस्त्र विद्या का अद्‌भुत ज्ञान अवश्य था
पर
चिड़िया की आँख की दूरी का अनुमान लगाने में दक्ष तुम्हारी दृष्टि
अपनी पराजय का पूर्वानुमान क्यूँ नहीं लगा पाई?

पाँचाली

यज्ञ-अग्नि से पूर्णतया युवा-रूप में जन्मी,
पाँचाल नरेश की पुत्री पाँचाली,
तुम्हारे पिता ने केवल एक शूरवीर पुत्र की कामना की थी,
द्रोणाचार्य का विनाश करने के लिए!
तुम्हारे अनपेक्षित जन्म का प्रयोजन
आज तक कोई जान पाया क्या?

याज्ञसैनी,
तुम्हारे संबंधों के रहस्य
हर किसी की समझ से परे हैं!
तुम्हारे पिता के आग्रह पर भी
जिस कृष्ण ने तुमसे विवाह नहीं किया
उससे तुम्हारा संबंध क्या था?

तुम स्वभाव से ही उच्छृंखल और चतुर थीं
फिर तुम्हें उसके सौख्य में
कभी कोई छल-कपट क्यूँ नहीं दिखा?

उस कृष्ण ने अपनी बहन सुभद्रा के साथ
तुम्हारे पति अर्जुन का विवाह करवा दिया,
अपने धर्म-अधर्म के द्वंद्व में होने वाले
विनाशचक्र को वहन करने के लिए
द्यूत क्रीड़ा के आवरण में
तुम्हारा दुरुपयोग किया
तुम्हें महाभारत के नृशंस युद्ध का
निमित्त बना दिया,
उसके कारण तुम्हारे चरित्र पर अनगिनित प्रश्नचिन्ह लग गये
और तुमने इस विध्वंसक प्रपंच के कलंक का प्रतिकार कैसे किया?
उसी कृष्ण की सखी, 'कृष्णा' कहला कर?

माँ काली का प्रचंड ओज धारे,
तुम कहीं कृष्ण-सखी के रूप में
कृष्ण के काल-स्वरूप की
परिपूरक तो नहीं थीं?
अपनी जन्मजात आग्नेय दृष्टि से
तुम कहीं इतिहास के प्रपत्र पर
यह प्रमाणित तो नहीं करना चाहती थीं
कि ईश्वर को भी धर्म-विजय के लिए
पौरुष से अधिक
स्त्री-शक्ति की आवश्यकता होती है?

कर्ण

अंगराज कर्ण!
पधारो,
तुम्हारा अभिनन्दन किए बिना

इस युग की अंध-गाथा
पूर्ण कैसे होगी!

पौरुष में,
केवल तुम,
पूर्ण पुरुष के सर्वाधिक समीप थे!
तुम जैसा बलिष्ठ,
तपा हुआ योद्धा
दानवीर,
मैत्री का सर्वोत्तम प्रतीक,
पूरी धरती पर नहीं हुआ!

ओ अभागे कर्ण,
महाभारत के हर पृष्ठ पर,
रक्त की हर धारा के समकक्ष
तुम्हारी अश्रुधार बहती रही है!
इस पर भी
सर्वाधिक अपेक्षाएँ
तुम्हीं से की जाती रही हैं!
न जाने क्यूँ,
कहा जाता है
कि तुम चाहते
तो चक्रव्यूह में फंसे,
अभिमन्यु की सामूहिक हत्या को भी रोक सकते थे,
अपने पौरुष का मान रख सकते थे,
पर उसका कोई पर्याप्त कारण भी तो हो!
क्या हुआ यदि एक अबोध बालक को घेर कर
रथ से गिरा कर
निशस्त्र होते हुए भी
सबके साथ अट्टहास करते हुए
उस पर प्रहार कर
तुमने स्वयं ही अपने पौरुष को लज्जित कर दिया!

पौरुष के सामने
दुर्योधन जैसे शुभचिंतक की मित्रता को
कैसे लज्जित किया जा सकता था?

हा दानवीर कर्ण, उस मृतप्राय बालक को
उसके जीवन के अंतिम क्षणों में
तुमने समीप ही स्थित जलाशय से
अंजुली भर जल भी ना दिया!
फिर यदि महाभारत के अंतिम समय में
उसी जलाशय में तुम्हारा रथ फंस गया
और उसे निकालते समय तुम्हें शस्त्रहीन देख
अर्जुन ने तुम पर बाण चला दिया,
तो इतना विलाप क्यूँ?

स्वनिर्मित आत्मग्लानी
किसी भी मनुष्य को कितना असहाय बना देती है,
भले ही वह मनुष्य,
स्वर्णिम आभा से युक्त,
सूर्यपुत्र रश्मिरथी ही क्यूँ ना हो!

कौरवों के प्रश्न-कृष्ण से

अरे कृष्ण,
तनिक ठहरो,
अपनी लीला को पलभर के लिए विश्राम दो
माना हम कौरव हैं
पांडवो जितनी घनिष्टता नहीं है तुमसे
पर कुछ प्रश्न पूछने का अधिकार तो हमें भी है न!

यूँ तो तुम्हें कुछ समझाना ही व्यर्थ है,
क्योंकि तुम अनर्थ में भी अर्थ ढूंढ लेते हो!
पर आज हमारे प्रश्नों के उत्तर दे ही दो!

बताओ,
तुम्हें जहाँ होना चाहिए
तुम वहाँ क्यूँ नहीं हो
जहाँ नहीं होना चाहिए
वहाँ क्यूँ प्रकट हो जाते हो?

ज्ञानी तुम्हें त्रैलोक्य-स्वामी कहते हैं
पर तुम्हारे पास अपना कोई ठौर नहीं है क्या?
तुम्हारे पाँव कहीं टिकते ही नहीं।
मथुरा के कारागृह से जो भागे,
तो फिर भागते ही रहे।
वृन्दावन में रहते,
गोपियों संग रास रचाते,
अपनी स्वर्णिम द्वारिका में रहते,
जिन ग्यारह हजार आठ रानियां से विवाह किया था
उनके संग रनिवास का आनंद लूटते।

अब वह द्रौपदी कौन है तुम्हारी
जिसके के चीर-हरण के समय
तुम विद्दयूत गति से द्यूत-सभा में प्रकट हो गये?

राजपुत्र हो कर भी तुम्हें लज्जा नहीं आई
हस्तिनापुर की राजसभा में
एक दूत के रूप में आते हुए?
केवल युद्ध टालने के लिए
श्पंचग्राम' देने की कायरता
युवराज दुर्योधन,
हस्तिनापुर का भावी सम्राट,
कैसे कर सकता था?

हम जो चाहते है,
तुम सदा उससे विपरीत ही क्यूँ चाहते हो?
हम जो करते हैं,
तुम सदा उससे विपरीत ही क्यूँ करते हो?
तुम सोचते हो कि तुम सब जानते हो,
पर तुम ये कहाँ जानते हो,
कि हम वो जानना ही नहीं चाहते
जो तुम चाहते हो कि हम जानें!

हमें जो नहीं दिखता
मत दिखाओ,
हमें जो देखना है
स्वयं देख लेंगे हम!

हमें तुम्हारे इन बुद्धिजीवी इतिहसवेत्ता भक्त-गणों,
से कैसा उपालंभ?
इन्होंने कभी
तुम्हारी अंधभक्ति छोड़,
आँखें खोल
हमारे मापदंडों को देखा होता
तो जान पाते,
युग भले ही अंधा हो,
हम दृष्टिहीन नहीं हैं .....

❑❑❑

88. हाइकु

गहरे भाव
बलखाती सरिता
नन्ही कविता

***

गरिमामयी
हिन्दी हो विश्वप्रिया
जयविजया

***

पुस्तक एक
अनदेखी दुनिया
खोल के देख

***

मुझे बुलाती
इक नन्ही गौरैया
हाइकु गाती

***

नभ अपार
शीतल जलधार
हवा हिंडोला

***

सूर्य तेजस्वी
केसरिया पहाड़
सुनो दहाड़

***

शौर्य अक्षय
कारगिल शिखर
लक्ष्य विजय

***

हौसला देखो
जरा से बादल का
सूरज ढका

***

साँवरी घटा
डाले गलबहियाँ
पर्वत सैयाँ

***

मुँह अंधेरे
भरती उजियारे
पनिहारन

***

शाम अजूबा
आस्माँ फिसल कर
झील में डूबा

***

तरल भ्रान्ति
नदिया में बहती
चंचल शान्ति

***

सोया ललना
झुलाए माँ पलना
करो ना शोर

***

नर्गिसी आँखें
बरसों इंतजार
ज़रा सा प्यार

***

छूटी जो डोर
उड़ चली पतंग
तेरी ही ओर

***

मीत की प्रीत
मन से ऐसी जुड़ी
नींद ले उड़ी

***

खजुराहो में
पत्थर हुआ वक्त
मूर्ति आसक्त

***

वक्त कहानी
पत्थरों की जुबानी
सुनो छू कर

***

बसंती संध्या
सुरभित गोधूली
मैं सब भूली

***

पलाश पुष्प
छिपाए अग्नि-श्वास
कंदर्प वास

***

काश वो कान्हा
आम्र मंजरी तले
मिलता गले

***

कभी यूँ जियो
चाय की प्याली संग
यादें भी पियो

***

लोक-कथाएँ
महकातीं आँगन
लगतीं सच्ची

❐❐❐

धीर समीर

धीर समीर
हरि कहाँ बिराजे
राधा अधीर

***

यमुना तीर
हरि बिन सावन
बढ़ाए पीर

***

घन गंभीर
हरि बिन उमड़े
नैनन नीर

❑❑❑

शुभयामिनी

सांध्य सुन्दरि
करती मनुहार
सजाए द्वार

***

नीरव निशा
राधा बैठी उदास
प्रिय प्रवास

***

राग यमन
गुनगुनाते सितारे
श्याम पधारे

***

चाँदनी रात
उजली जलधार
नौका विहार

***

स्वप्न प्रवाह
लहरें उन्मादिनी
शुभयामिनी

❑❑❑

पंचतत्व

दिव्य दर्पण
पंचतत्व नर्तन
प्रकृति लीन

'पृथ्वी'

पृथ्वी की गंध
जीवन अनुबंध
प्राण प्रवाह

'जल'

जल सिंचित
दृष्य प्रतिबिम्बित
नित्य नवल

'अग्नि'

अग्नि ओजस्वी
प्रज्वलित तपस्वी
यश का स्रोत

'वायु'

वायु निर्बाध
मधुरस अगाध
श्वास निश्वास

'आकाश'

नक्षत्र ज्ञाता
मुग्ध आकाश गाता
नीलाभ गान

'सृष्टि'

सत्य् या भ्रम
लास्य-तांडव क्रम
शिव संकल्प

❑❑❑

‘सुप्रभात’

स्वर्ण कमल
सूर्य प्रभा चंदन
खग वंदन

***

ओस के मोती
स्वागत में बिखरे
उषा निखरे

***

भोर सुन्दरि
आए हरने तम
निहारें हम

***

धरा अचला
बहता कलकल
शीतल जल

❑❑❑

'नीला आकाश'

संध्या के गीत
करते आमंत्रित
आकाश-दीप

***

सिन्धु शयन
तैर रहा आकाश
नील नयन

***

चंद्रिका हास
मधुशाला आकाश
स्वप्न निवास

***

निद्रा गहरी
तिमिरबद्ध आकाश
निशा प्रहरी

***

प्राची प्रांगण
करती अभिषेक
नित्य किरण

***

स्वर्णिम रज
पुलकित प्रत्यूषा
खिले जलज

***

भैरव तान
आकाश पुरोहित
विहग गान

***

स्वागत नृत्य
आनंदित आकाश
हिरण्यादित्य

❐❐❐

सिया वरण

फुल्लवाटिका
वैदेही पग रोके
राम विलोके

***

माँ गौरी अम्बे
कीजिए कृपादृष्टि
आनंद वृष्टि

***

पिनाक उठा
रघुकल नंदन
धनु भंजन

***

सुमन वर्षा
करते देवगण
सिया वरण

***

रंग में भंग
भूपति करें क्लेश
कटु आवेश

***

परशुराम
धारे रूप कराल
नेत्रों में ज्वाल

***

पूछते प्रश्न
श्कौन यहाँ उद्दंड?
दूं अभी दंड!'

***

लक्ष्मण वीर
बिजली से कड़के
ऋषि भड़के

***

विनम्र राम
बालसुलभ वाणी
भाषा कल्याणी

***

उतरा रोष
शीतल ऋषि मन
आशीर्वचन

❒❒❒

ईद मुबारक

रात कहती
आएगा माहताब
ना हो बेताब

***

रख भरोसा
जरा सा सब्र कर
उठा नज़र

***

चाँद निकला
मुबारक हो ईद
खुशामदीद

❑❑❑

महानगर

गगनचुम्बी
कंक्रीट के बंजर
खूनी खंजर

***

बधिर मूक
शोर भरी गलियाँ
भूल भुलैयाँ

***

खोया आदमी
दिन रात ये भागे
नींद में जागे

***

कितना और
अभी चलना बाकी
गलना बाकी

***

हाल बेहाल
जीते हैं मर मर
महानगर

❑❑❑

इलेक्शन का मेला

लगा है भारी
इलेक्शन का मेला
मेले में खेला
हुक्म विदेशी
डेमोक्रेसी हिलाओ
हवा बनाओ

***

उठाए झंडा
कठपुतली आती
रंग जमाती

***

रहे नाचती
रैली में नाप-तोल
मीडिया ढोल

***

सीख गई है
भद्दे नारों की भाषा
शुरू तमाशा

***

फटी आँखों से
देख रही इशारे
नोट करारे

***

पर्दे के पीछे
हर दिल में खोट
उड़ते वोट

***

डोर खींचता
बाजीगर सयाना
लगा निशाना

***

किया कमाल
कठपुतली कंधा
चुनावी धंधा

***

बजाओ ताली
लो सरपट दौड़े
सियासी घोड़े

***

कठपुतली
काली आँधी में पस्त
दिल्ली दूरस्त

❑❑❑

'उफ्फ़ वो चाय'

भाग-1

सूरज ढले
घर का चूल्हा जले
चाय तो चले

***

ये बरसात
बनती बिगड़ती
चाय की बात

***

हुई टक्कर
बस बातों बातों में
गिरी शक्कर

***

फीका जायका
अनदेखा ही रहा,
प्याला चाय का

***

जला के जिया
चाय बिन पिए ही
चला वो गया

***

कौन पिलाए
अब रूठी फिजा के
होंठों को चाय

***

लौट वो आया
गुड़ की मीठी डली
हाथ में लाया

***

चाय में घुली
बातों के चम्मच से
गुड़ की डली

***

चाय की भाप
उड़ती ठिठुरती
है चुपचाप

***

बैठा है साथ
जानती हूँ कितने
ठंडे हैं हाथ

***

जियरा जले
अब गरम चाय
उतरे गले

***

चाय बनाई
उसने पी आखिर
खुशबू आई

भाग 2

भूलूँगी कैसे
हम दोनों वो चाय
पीते थे जैसे

***

चाय का सिप
रात भर बूँदों की
वो टिप टिप

***

बीती वो रात
आज चाय में उफ्फ
वही है बात

***

चाय भंवर
उतरा ना कभी भी
हैंगओवर

***

मैं हूँ अकेली
ये चाय की खुशबू
बनी पहेली

***

मैं सोचू यहाँ
जो चाय की यादों में
अब वो कहाँ?

❑❑❑

Monostich Haiku

1. साँझ ढले जागी रात आँखें मलते मलते

***

2. झील में डूबीं अस्तमित रश्मियाँ

***

3. रातरानी और मैं–घुप्प अंधेरे में लुकाछिपी

***

4. सुनसान रात समेटे आँसु सर्द हवा के

***

5. हरसिंगार खिला कविता में झरता शरद्

***

6. सूर्य किरण पकड़े कैसे मृगी स्वर्ण नयनी

***

7. झर जाते फूल पत्ते मेघ आँसू आते नये

***

8. मिला खोया मोती मुझे तूफाँ में डूबने के बाद

❑❑❑

राम-वैदेही

1. पुष्पवाटिका
   'अंजुली में पुष्प भरे नयनों में प्रिय रूप'

***

2. स्वयंवर
   'राघवेन्द्र घन सघन मुग्ध जानकी चंचला'

***

3. वनगमन
   'गंगा हिलोरित करे वंदन धरती सुता'

***

4. पंचवटी
   'वन्या-वेश पधारी लक्ष्मी विस्मित पंचवटी'

***

5. दंडकारण्य
   'सियावर रामचाप टंकार दंडक अभय'

***

6. प्रपंच
   'हिरण्य मृगमाया से सम्मोहित महामाया'

***

7. सीता-हरण

'वर ना सका जिस सीता को हर लाया लंकेश'

***

8. अशोक-वाटिका

'वैदेही की शोक अग्नि में तपता वृक्ष अशोक'

***

9. विजया

'श्रद्धा सिय की राम में विजय प्राप्ति श्रीमंत्र'

***

10. दीपोत्सव

'भूमि असुर भय मुक्त करे दिव्य दीपोत्सव'

❐❐❐

89. तांका

1.
फूंकार रहा
कालिया विषधर
फैलाए फन
ओ कान्हा नटवर
करो पुनः मर्दन

2
एक कोने में
माँ, फूल, दिया-बाती.....
भर जाता है
घर का कोना कोना
करता जगमग

3
सोचती हूँ मैं
सूरज चाँद तारे
सारे के सारे
अपनी जगह हैं ...
पर तुम कहाँ हो?

4
बता चकोरे
कैसे डाले हैं तूने
चाँद पर डोरे?
एकटक तुझको
खोया खोया ताके वो....

5
कभी कली को
किसी काँटे का डर
सताता नहीं
खोलती पंखुरियाँ
देखती चंद्रमा को

6
मिट्टी की गंध
फूलों को महकाती
झरते फूल
गंध लौट के आती
मिट्टी में मिल जाती

7
क्षणभंगुर
चट्टानों का घमंड
करता भग्न
पाषाण हृदय में
उपजता अंकुर

8
आँधी जो आई
मुझसे टकराने
हारी हमेशा
मैं कोई दिया नहीं
रौशन मशाल हूँ

9
कर्म हो श्रेष्ठ
हृदय हो निर्द्वन्द्व ...
अनुष्ठान हों
समय अनुकूल
सफल करता वो

❐❐❐

90. मुक्तक

***

सुन्दर सरल मधुर श्रुति सी हिंदी प्रिय भाषा मेरी है
भारतीय संस्कृति की यह लावण्यमयी चितेरी है,
हिन्द महासागर से ले कर यह हिमगिरि तक गूँज रही
जन जीवन के संघर्षों में साहस की रणभेरी है!

***

पटक पटक सर पर्वत पर, लहरें राह बनाती हैं,
उनके दर्द की सभी लकीरें, सरदी में जम जाती हैं
'वक्त की मरहम धीरे-धीरे भर देती है घाव सभी '
रजनी में नदिया तट पर, चंदा की किरणें गाती हैं!

***

आँखों का ये हुनर, सलीका कमाल है
बतातीं नहीं किसी को, दिल का जो हाल है
ऐ जिंदगी ये पाँव, उफ्फ भी नहीं करेंगे
चाहे बिछाया तूने, काँटों का जाल है!

***

उसकी नज़र में झलकती है इक कशिश, कदमों में इक आवारगी
रुहानी इत्र की खुशबू सा है जादू, वो उसकी सुहानी सादगी
वो बेखुदी में खुद बहकती है कभी, बहकाती है कभी मुझको
किरण सूरज की छिप कर चाँद के चेहरे की जैसे कर रही हो बंदगी

***

आसमां से झर रहा गहरी अंधेरी रात का नीला ज़हर,
कर रहा शबनम में घुल प्यासी जमीं को तर बतर
उसी को चाँद की प्याली में भर पीते हैं मेरे ख्वाब
मदहोश से फिर भटकते हैं, जब तक ना हो जाए सहर

❑❑❑

91. क्षणिकाएँ

राघव के पदचिन्हों पर सीता धरती निज कोमल पाँव
गाती स्वागत में विरुदावली पंचवटी की शीतल छाँव

***

किसी पखेरू से उड़ते
निर्विकार स्वच्छंद
मधुर प्रीत के छंद!

कभी कहीं ओझल हो जाते,
मन में भ्रम-विभ्रम उपजाते,
देख मेरे मीगे नयनों को,
सहसा फिर जब लौट के आते
देते अतिशय आनंद
मधुर प्रीति के छंद!

***

सो गये हैं दरवाज़े,
खिड़की पे चाँद तारों का लग गया पैबंद है,
रात सिरहाने खड़ी,
अब तो बता दे नींद, क्या तू भी रजामंद है?

***

राग बसंत गाता, भवरों को भटकता
मलयज को बहकाता, किसलय कोमल चटकाता
साजन सुधि लाया, ऋतुराज बसंत आया!

***

राग बसंत गाता, भवरों को भटकता
मलयज को बहकाता, किसलय कोमल चटकाता
साजन सुधि लाया,ऋतुराज बसंत आया!

***

सूखे पत्ते कचनार के,
बरखा में भीग भीग कहते,
अपनी करुण कहानी,
'तुम आई तब,
जब आँखों में
शेष बचा ना पानी!'

***

जो रह गया है, रह जाने दो
जो बह गया है, बह जाने दो
सागर किनारे महल रेत का,
ढहना ही था, ढह जाने दो ...

***

सावन झूला मुझे देखता
मैं राह देखती साजन की,
रीत गई इस बार भी फिर
ऋतु आई जो मनभावन सी!

***

डूब गई शब्दों की नौका,
पर शेष बहुत है कहने को,
थाम नेह का इक तिनका,
भाव-सिंधु में बहने दो ....

***

सप्त-सिंधु रत्नाकर में
छिपे हैं जलपरियों के गीत,
तुम खोज रहे क्या बतलाओ,
मैं बन जाऊँगी जलदीप!

***

बूँद-बूँद से भरत है
गागर में प्रिय ध्यान,
चपला बसती मेघ में,
नयनन में नेह समान!

***

ग्रह तारा नक्षत्र करें
सुंदर 'नटेश' श्रृंगार
गीत नृत्य संगीत हैं
सृष्टि का विस्तार

***

धरती नई, नया है सागर
उज्ज्वल नव आकाश है
पीछे केवल परछाई थी,
सम्मुख नवल-प्रकाश है

***

इस सर्द बेबस शहर में
कुछ हादसे
हो ही जाते हैं,

मैं चाहूँ या नहीं
दर्द रह रह कर उभरता
गम भी फिर फिर
लौट आते हैं,
मैं चाहूँ या नहीं

***

शाम होते ही जाग उठी रातरानी,
रातभर जगाने की उसने है ठानी!

***

फिर एक जानी पहचानी सी खुशबू आ रही है कहीं से
चलो उस किताब से बात करें
जिसमें एक बेनूर गुलाब
महक रहा है
आज भी......

***

उड़ते परिंदे को पकड़ना छोड़ दे
करके दिखा वो आसमां पिंजरे में कैद

***

तोड़ कर पिंजरे की सीखें, नीला आसमां छू ले,
डरते नहीं हैं वो परिंदे,जो उड़ना नहीं भूले!

***

कंगना सूरज, कलाई बदरी
टूट के नभ से, बरसी कजरी

***

बंसी बजाई श्याम ने, श्याम-मेघों में कहीं
बरखा में मधुरस की मधुर बूँदें यहाँ घुलने लगीं
पलकें सजल धुलने लगीं

***

सोलह कला संपूर्ण छवि, सोहे सोलह सिंगार,
झूला झूलें राधिका श्याम, वृन्दावन रहा निहार
सावन रस सरस फुहार

***

वो नहीं था रहनुमा मेरा ना मेहरबान था
मेरे दिले वीरान को जो कहकशाँ तक ले गया

***

ऐ दिले नादाँ,
रात भर जलना बिना मक़सद,
फजूल है
किसी के वास्ते हो रौशनी तो
अंधेरों को भी
कबूल है ....

***

बदहवास इस दुनिया में,
इश्क-तब्बसुम के अफसाने-
कौन सुनेगा?
उजड़ी सी इस बगिया में,
शबनम के गम हुए पुराने-
कौन सुनेगा?

❑❑❑

92. काव्यानुकृतिः

वंदेमातरम्

(राष्ट्रगीत-हिंदी में)

मातृभूमि वंदन, पुण्यभूमि वंदन
वेदभूमि वंदन, देवभूमि वंदन
भरतभूमि वंदन, वीर भूमि वंदन
शत-शत नमन, शत-शत नमन
शस्यश्यामलम- वंदेमातरम्
सुन्दर सजीला रूप है चंदन सा शीतल है पवन, माटी है संजीवन
पुलकित रुपहली रात है, स्नेह छलकाते नयन, सुरम्य आवरण
मुस्कुराती खिलखिलाती मधुरिम मधुर चितवन
चहकते उपवन
सुख संपदा वरदायनी, शुभकामिनी शोभायनी
माँ भारती अनुपम
शत शत नमन शत शत नमन
शस्य श्यामलम
वंदेमातरम्

❑❑❑

आनंदलोके

(टेगौर का स्वागत ज्ञान-हिंदी में)

बिराजो सत्य सुन्दरम्

महिमा तुम्हारी उद्भासित
महागगन भर में
विश्व जगत् मणि भूषित
आलंकृत चरणे

सूर्य चंद्र ग्रह तारा
व्याकुल द्रुत वेग से
पान करें, स्नान करें
अक्षय किरणें

धरणी पर झरे निर्झर
मोहिनी मधु शोभा
फूल पल्लव गीत गंध
सुन्दर वरणे

स्नेह प्रेम दया भक्ति
कोमल करे प्राण
कितना शान्ति वर्षण है
संताप हरणे

निशिदिन बहे जीवन में
चिर नूतन धारा
विश्रामरहित करुणा बहे
जन्मे मरणे

जगमहोत्सव रचे
वंदन करे विश्व
श्रीसंपद भूमि हो
निर्भय शरणे

❑❑❑

‘तस्वीरें कभी पूरी नहीं होतीं

(उड़िया कविता - हिंदी में)

लियोनार्दो दा विंची ने कहा था
‘तस्वीरें कभी पूरी नहीं होतीं ...बस छोड़ दी जाती हैं’

सभी पंछी बेहद थक चुके हैं।
इन्होंने ने जहाँ कटहल के नोकदार पत्ते मेरी लाल हड्डियों में बोए थे
वहाँ अब एक उड़ान-स्थल बन गया है।
वहाँ अब निरंतर बरसात होती रहती है!

असल में कोई कितना भी सही क्यूँ ना हो
कुछ ना कुछ गलत होता ही है।

जिंदगी, जो जैसा है
वैसा नहीं रहने देती
उसे तोड़-मरोड़ देती है।

हर बलखाती धरती इसी तरह
बेलगाम घूमती है।

विंची, तुम मेरी आँखों में एक आकृति खींच दो
रात की नसों को कोई लोक-संगीत
बुरी तरह झनझना दे।
तुम्हारी चीख से
भर जाए

रात्रि-भोज के बाद उठी भूख।
एक खामोश सितारे का रहस्य जान
मैं चौंक जाऊँ।

समंदर से उड़ते बादलों की तरह
एक उड़न-खटोला
मेरे पैरों के नीचे से
फड़फड़ाता हुआ
गुजर जाए।

असल में कोई कितना भी सही क्यूँ ना हो
कुछ ना कुछ गलत होता ही है।

एक बिल्कुल सही अंक का
बिल्कुल सही व्यास
ताश के पत्तों से खेलती ज्योमेट्री तो जानती है
पर
क्या तस्वीरों का मन भी जानता है उसे.....?

❑❑❑

93. ग़ज़ल

1.

ये ख्वाबों भरा आसमाँ आदमी है
ज़मीं दर ज़मीं दासताँ आदमी है

हैं चाँद और सूरज इसी के निगेहबाँ
सितारों का रूह-ए-रवाँ आदमी है

ग़मों में भी यकसाँ खुशी में भी यकसाँ
गुल-ख़ार का गुलसिताँ आदमी है

बड़ी भीड़ है अजनबी रास्तों पर
न जाने हुआ गुम कहाँ आदमी है

रहेमदिल है वो जिंदगी देने वाला
ये नाशुक्र है, बदगुमाँ आदमी है

इधर है वो खुद और उधर अक्स उसका
फंसा दोनों के दरमियां आदमी है

बदलती रूतों का वो 'नीलम' मुसाफ़िर
बनाता नये फिर निशां आदमी है

❑❑❑

2.

मेरी परवाज-ए-दिल का सफर देखिए
फेंक कर तीर ज़ख़्म-ए-जिगर देखिए

रात की उलझनों में भी हंसता रहा
चाँद की शाम से रह-गुज़र देखिए

जाम टूटा है छूने से पहले मिरे
मेरी आहों का ये भी असर देखिए

बंदिशों से रिहा हो के बरसेगी जब
तब मेरी तश्नगी का हुनर देखिए

इश्क छुप ना सका नज़र-ए-साकी से भी
कर ही दी उसने सबको ख़बर देखिए

ज़हर आलूद मौसम बना है यहाँ
मार ही डालेगा ये नगर देखिए

आस में जिस सुबह की हैं 'नीलम' सभी
उसके आने में है क्या कसर देखिए

❑❑❑

3.

याद आती हैं फिर से फ़िज़ाएँ वही
कानों में गूँजती हैं सदाएँ वही

मेरे महबूब की सिम्त जो भी उठें
अपने सर ले लूँ सारी बलाएँ वही

इल्तिजा फिर सताने की करता है वो
महफिल-ए-इश्क फिर से सजाएँ वही

गाहे गाहे हँसातीं रुलाती रहीं
उसकी मासूम सी हैं अदाएँ वही

आज़माता है मेरी मोहब्बत को वो
करता है बारहा जब ख़ताएँ वही

दिल के सहरा में ये इश्क़ है सायबाँ
झूम के फिर से बरसें घटाएँ वही

कश्ती 'नीलम'की जो पार ले जाएँगी
सिम्त-ए-काशी से आएं हवाएँ वही

❒❒❒

4.

गमजदा अब हमारा चमन ना रहे
गुरबतों में कोई हम-वतन ना रहे

दूंगी उसको मैं काँटे हटा कर गुलाब
खुशबुओं में कोई भी चुभन ना रहे

डूब जाए समंदर में जब चाँदनी
फिर किनारे तरसता ये मन ना रहे

ख्वहिशों को मिरी अब तो पर लग गये
अब तो मायूस धरती गगन ना रहे

उसकी तस्वीर आँखों से दिल में बसी
अब ख़फ़ा वो भी वादा-शिकन ना रहे

जब वो आया मेरे लफ्ज़ ही खो गये
ख़ामशी अब सर-ए-अंजुमन ना रहे

जब तस्सवुर में 'नीलम' सुरूर उसका है
इश्क़ का कैसे फिर ये चलन ना रहे

❑❑❑

5.

बहते धारों पे भी है हमारी नज़र
उन किनारों पे भी है हमारी नज़र

झिलमिलाते हैं जो गर्दिशों में सदा
ऐसे तारों पे भी है हमारी नज़र

इस जमीं पे जो इन्साँ के खूँ से बनीं
उन दिवारों पे भी है हमारी नज़र

ख्वाब में जो चले शीशे की झील पर
उन शिकारों पे भी है हमारी नज़र

इश्क के आसमाँ पर भी रहते हुए
ख़ाकसारों पे भी है हमारी नज़र

लाख दौलत घुमाए ये दुनिया मगर
सब इशारों पे भी है हमारी नज़र

बज़्म-ए-'नीलम' में महके हैं क्यूँ राज़ ये
राज़दारों पे भी है हमारी नज़र

❑❑❑

6.

हर नये दौर की मुश्किलें हैं नई
रंजिशें हैं नई, ख़्वाहिशें हैं नई

आस की जगमगाती शमा बुझ गई
टूटे दिल में चुभीं हसरतें हैं नई

हमने अश्कों में आहें छुपाई सभी
ये जो छलकी हैं वो चाहतें हैं नई

डगमगाई है साहिल पे कश्ती मिरी
कश-म-कश है नई शिद्दतें हैं नई

हर कध्दम पर नया मोड़ मिलता गया
रास्ते हैं नये मंजिलें हैं नई

आज उसका इशारा हवाओं में है
मस्त बादल उड़े, बारिशें हैं नई

आसमाँ पर कई आसमाँ हैं अभी
चश्म-ए-'नीलम' में ये हैरतें हैं नई

❐❐❐

7.

हम ख़लिश अपने चेहरे पे लाते नहीं
ग़म कोई अपने दिल से लगाते नहीं

उसको देखे बिना जी रहे हैं फ़कघ्त
उसको सोचे बिना मुस्कुराते नहीं

उसकी ख़ुश्बू खघ्ज़ाँ में भी आती रही
बज्घ्म से मेरी झोंके ये जाते नहीं

उसकी ख़ामोशियां उसकी हैं इक ज़बाँ
सुनते रहते हैं हम, कुछ सुनाते नहीं

कोई उसको उधर से ना रुसवा करे
इसलिए हम दरीचे सजाते नहीं

टूट जाए ना तन्हाईयों का सुरूर
शाम-ए-महफ़िल में नग़मे सुनाते नहीं

बिन बताए वो 'नीलम' ना आए कहीं
रात भर ये शम्आ हम बुझाते नहीं

□□□

8.

तुम्हें बहर-ए-ग़म से उबरना भी होगा
शफ़क़ बन के हर सू बिखरना भी होगा

ये बादे सबा की सदा आ रही है
नये मंज़रों से गुज़रना भी होगा

चढ़ा उगते सूरज की मानिंद जो भी
उसे शाम के वक्त गिरना भी होगा

गुमाँ भी नहीं था हमें ख्वाब में ये
कि फ़ितरत में उसकी मुकरना भी होगा

कहाँ वस्ल की उस हवा ने था सोचा
शब-ए-हिज्र में यूँ ठिठरना भी होगा

बिना अक्स सूना सा है आईना ये
तब्बसुम को इसमें संवरना भी होगा

तुम्हें छोड़ कर कश्तियों का सहारा
यूँ 'नीलम' भंवर में उतरना भी होगा

❒❒❒

परिचय

डॉ. नीलम वर्मा एक फिजीशियन कार्डियोलोजिस्ट तथा कवयित्री हैं।

कल्पतरु की ओर से वे 'कविता विदुषी' सम्मान प्राप्त कर चुकी हैं। यह सम्मान उन्हें भगवद्गीता की काव्य रचना 'उत्तिष्ठ भारत' के लिए दिया गया।

प्रकाशित पुस्तकें:

* प्रत्यूष-कविता संग्रह
* 'अंतरंगिनी'-खंड-काव्य
* 'रुक्मिणी-कृष्ण-रहस्य'-मुक्त छंद काव्य रचना
* 'समयांतर'-सचित्र हाइकु
* अमृता शेरगिल-पेंटिंग में कविता (हाइकु)
* कालिदास कृत 'ऋतुसंहार' की सचित्र काव्य रचना
* 'ज्योतिर्गमय'-ऋग्वेद पर आधारित काव्य रचना
* 'मुद्दतों बाद'-ग़ज़ल संग्रह

English Poetry

* 'Rukmini -A Queen'
* Ramayana-A Haiku picture book
* Arise, O Bharata!
  (An adaptation of Srimad Bhagavad- Gita)
* Rashmi & Hymns of Divine Light
  (An adaptation of Rigveda)

वे हिन्दी पुस्तकों का अंग्रेजी में अनुवाद भी कर चुकी हैं। जिनमें प्रमुख हैं-

* हरीश नवल के व्यंग्य उपन्यास 'बोगी 2003' का अनुवाद।

(इस अनुवाद के लिए उन्हें Ukiyoto Publishing द्वारा Translator of the Year 2021 का अवार्ड भी मिल चुका है)

*   हरीश नवल की व्यंग्य पुस्तक 'अमरीकी प्याले में भारतीय चाय' का अनुवाद–Indian Tea in American Cup

हाल ही में उनके खंड काव्य 'अंतरंगिनी' और 'रुक्मिणी–कृष्ण–रहस्य' का रेडियो नाट्य रूपान्तर आकाशवाणी पर प्रसारित किया जा चुका है।

रूबरू थियेटर ग्रुप काजल सूरी जी के निर्देशन में 'अंतरंगिनी' का नाट्यमंचन भी किया गया है, दिल्ली के श्रीराम सेंटर में उनकी ग़ज़ल 'वतन ये हमारा' Video Film के रूप में Online भी उपलब्ध है काव्य रचना के साथ साथ, नृत्य कला में भी नीलम की विशेष रुचि रही है। उन्होंने कथक नृत्य की विधा गुरु पं. बिरजू महाराज से ग्रहण की है। उनका विशेष प्रयास भाव अभिनय द्वारा 'काव्य नृत्य' प्रस्तुति करने का रहा है।

वे अपनी मेडिकल प्रैक्टिस के साथ साथ 'हीलिंग रिद्म्स' प्रोग्राम के अंतर्गत स्ट्रैस मैनेजमेंट एवं हृदय–रोग से बचाव के लिए भी कार्यरत हैं।

Email- neelam.verma2912@gmail.com
www.neelamverma.net

❑❑❑

www.ingramcontent.com/pod-product-compliance
Lightning Source LLC
LaVergne TN
LVHW101421051026
849519LV00005BC/1835
* 9 7 8 9 3 5 8 6 9 9 5 2 4 *